Knaur.

Knaur.

BAD BOYS *im Knaur Taschenbuch Verlag:*
Ein Macho zum Verlieben *von Nancy Warren*
Der Mann, der's kann *von Erin McCarthy*
Lass uns unvernünftig sein *von Lori Foster*
Verbotener Genuss *von Erin McCarthy*
Das beste Mittel gegen Kopfschmerzen *von Nancy Warren*

Weitere Bände sind in Vorbereitung.

Über die Autorin:
Janelle Denison schreibt seit über zwanzig Jahren Romane. Für ihre Werke hat sie bereits den »National Readers Choice Award« und zahlreiche weitere Auszeichnungen erhalten. Sie lebt mit ihrem Mann, zwei Töchtern, einem Hund und zwei Katzen in Kalifornien.

Janelle Denison

Heißes Verlangen

Roman

Aus dem Englischen von
Christiane Meyer

Knaur Taschenbuch Verlag

Dieser Roman erschien erstmals 2003 unter dem Titel *The Wilde One* im Sammelband *Bad Boys To Go* bei Kensington Books, New York.

Besuchen Sie uns im Internet:
www.knaur.de

Wenn Ihnen dieser Roman gefallen hat, empfehlen wir Ihnen gerne weiteren prickelnden Lesestoff – schreiben Sie einfach eine E-Mail mit dem Stichwort »Denison« an: leidenschaft@droemer-knaur.de

Deutsche Erstausgabe März 2009

Redaktion: Michael Meyer
Umschlaggestaltung: ZERO Werbeagentur, München
Umschlagabbildung: Jupiter Images
Satz: Adobe InDesign im Verlag
Druck und Bindung: Norhaven A/S
Printed in Denmark
ISBN 978-3-426-50245-7

2 4 5 3 1

1. Kapitel

Adrian Wilde nahm zur Feier des dreitägigen Entspannungswochenendes, das vor ihm lag, einen tiefen Zug aus seiner Bierflasche – und verschluckte sich beinahe, als er Chayse Douglas erblickte. Ausgerechnet *die* Frau, die er in den vergangenen Monaten immer wieder abgewiesen hatte und der er konsequent aus dem Weg gegangen war. Und während sie nun an der Bar stand und sich einen Drink bestellte, winkte sie ihm zu und schenkte ihm ein Lächeln, dass er sich wie ein Gejagter vorkam.

You can run but you can't hide … Du kannst weglaufen, aber verstecken kannst du dich nicht …

Er glaubte die Worte fast zu hören, als er ihren entschlossenen Blick sah, und seinen Körper durchflutete wieder diese vertraute Lust, gegen die er seit ihrer ersten Begegnung ankämpfte. Doch schon im nächsten Moment wurde seine Lust von Ärger verdrängt. Dass sie sich an einen derart öffentlichen Platz wie *Nick's Sports Bar* wagte, um für ihre Sache zu kämpfen, reichte aus, um ihn in höchste Alarmbereitschaft zu versetzen. Und es überraschte ihn keineswegs, dass sie seine Cousine Mia Wilde, diesen Satansbraten, für sich gewonnen hatte. Offensichtlich sollte sie ihr dabei helfen, ihn dazu zu überreden, sich für Chayses Fotokalender ablichten zu lassen.

Er hatte gedacht, er hätte dieses kleine Energiebündel davon überzeugt, dass er wirklich keine Lust hatte, halbnackt für ihren Männerkalender zu posieren: Jeden Monat sollte einem ein anderer abenteuerlustiger, muskulöser Naturbursche entgegenlächeln. Da er wusste, dass sie einen Abgabetermin hatte, war er davon ausgegangen, dass sie bereits ein anderes, williges Opfer gefunden hatte und er aus dem Schneider war. Doch nachdem er das entschiedene Funkeln aus ihren veilchenblauen Augen aufgefangen hatte, war Adrian ohne die Spur eines Zweifels klar, dass die reizende Chayse ihn noch immer im Visier hatte.

O Mann. Er bewunderte die Hartnäckigkeit, mit der sie ihre Ziele verfolgte, und ihre freche Jagd auf ihn machte ihn irgendwie an – aber trotzdem würde sie sich auf eine weitere Abfuhr gefasst machen müssen, denn unter gar keinen Umständen würde er seine Meinung ändern. Mit seinem

Nein tat er ihr nur einen Gefallen. Auch wenn sie glaubte, dass er genau das verkörperte, was sie für ihren Kalender wollte – er wusste, dass er nicht im Entferntesten Model-Qualitäten besaß.
Frustriert über die Gesamtsituation inklusive seiner ungewollten Schwäche für Chayse – was alles nur noch komplizierter machte –, wandte er seine Aufmerksamkeit wieder seinen Kumpeln zu und betrachtete sie argwöhnisch. »Wer, zur Hölle, hat Mia erzählt, dass wir heute Abend hier sind?«, knurrte er. Einer seiner Freunde musste ihn verraten haben, denn sonst hätte Chayse ihn nicht so leicht gefunden.
Als er mit seiner Bierflasche zur Bar wies, blickten drei Augenpaare neugierig Richtung Tresen. Neben seinem Bruder Steve zu seiner Linken saßen außerdem noch Cameron, Steves guter Freund und Geschäftspartner, und schließlich Adrians Cousin Scott, Mias älterer Bruder, mit am Tisch.
Cameron, der zurzeit seinen eigenen kleinen Geschlechterkampf mit Mia ausfocht, schüttelte vehement den Kopf. »Ich nicht, Mann. Das wäre das Letzte, was ich tun würde – dieses kleine Biest einzuladen, damit sie unsere gemütliche Party

sprengt und mir meinen wohlverdienten Feierabend ruiniert.«

Adrian glaubte ihm, obwohl das Feuer und das herausfordernde Funkeln in Camerons Augen eine andere Sprache sprachen: Offenbar war Cameron gar nicht so unangenehm überrascht über Mias Auftauchen, wie er behauptete. Aber natürlich würde er niemals die gegenseitige Anziehung zugeben, die immer dann zum Leben erwachte, wenn sich die beiden im selben Raum befanden.

Adrians Blick wanderte zu Steve, und sein älterer Bruder hob abwehrend die Hände. »Hey, ich habe die ganze Woche noch nicht mit Mia gesprochen.«

Was bedeutete, dass nur noch Scott übrigblieb – und der verlegene Ausdruck auf dem Gesicht seines Cousins bestätigte Adrians Vermutung, dass Scott für diese interessante Wendung der Ereignisse verantwortlich war. »Los, gestehe, Scotty-Boy«, sagte Adrian.

Scott zuckte die Achseln. »Okay, als ich heute das Büro verließ, habe ich ganz beiläufig erwähnt, dass ich mit ein paar Kumpeln etwas trinken gehe. Und als Mia dann fragte, mit wem genau ich ausgehen würde, wollte ich nicht lügen.«

»Deine Ehrlichkeit ist ein erfrischender und absolut nobler Zug«, brummte Adrian trocken und warf seinem Cousin einen tadelnden Blick zu. »Aber beim nächsten Mal: *Lüg bitte!*«

Cameron und Steve lachten.

Scott lehnte sich auf seinem Stuhl zurück und fuhr sich abwesend mit dem Finger über das Kinn, während er Adrian nachdenklich musterte. »Warum werde ich das Gefühl nicht los, dass du nicht sosehr ein Problem mit Mia hast, sondern eher mit der heißen Kleinen, die sie im Schlepptau hat?«

Adrian leerte sein Bier und gab der Bedienung hinter dem Tresen ein Zeichen, ihm noch eines zu bringen. Er fragte sich, ob er sich gleich noch einen Schnaps dazubestellen sollte. »Weil sie die Fotografin ist, die mich seit vier Monaten verfolgt. Ich soll bei ihrem … ›Muskelprotz‹-Kalender für wohltätige Zwecke mitmachen. Und sie scheint ein echtes Problem damit zu haben, ein ›Nein‹ als Antwort zu akzeptieren.«

Seine Kumpel nickten verständnisvoll und brummten mitfühlend.

Im nächsten Augenblick kamen Mia und Chayse quer durch die Kneipe auf sie zu, beide mit einem dieser schicken Designer-Martini-Drinks in der Hand.

Unwillkürlich nahm Adrian das langärmelige, pinkfarbene Baumwollshirt wahr, das Chayses zierliche Kurven betonte, und die bequeme Jeans, die sich aufreizend eng an ihre Hüften und den Rest ihres Körpers schmiegte. Ihm war schon längst aufgefallen, dass sie kleine, aber feste Brüste hatte. Nach seiner sachkundigen Einschätzung war es vielleicht eine Handvoll – wohlwollend betrachtet, wenn man bedachte, dass er große Handflächen und lange, schlanke Finger hatte. Nicht, dass er jemals die Möglichkeit bekommen würde, mit seinen eigenen Händen zu prüfen, wie schwer und groß diese herrlichen, sinnlichen Rundungen tatsächlich waren – außer in seinen Träumen. O ja, in seinen nächtlichen Fantasien hatte er diese zarten Brüste gestreichelt. Und nicht nur das …

»Hallo, Jungs«, rief Mia fröhlich. »Was dagegen, wenn wir uns zu euch setzen?«

»Ja«, knurrten Adrian und Cameron, während Scott und Steve zur gleichen Zeit liebenswürdig »Überhaupt nicht!« sagten.

Die Frauen entschieden sich, Adrian und Cameron zu ignorieren und Scotts und Steves Einladung anzunehmen. Sie zogen zwei freie Stühle vom Nachbartisch heran und setzten sich. Chayse nahm auf der einen Seite von Adrian Platz, und Mia ließ sich auf der anderen nieder, wodurch sie praktischerweise direkt neben Cameron saß. Mia, mit ihrem stylish geschnittenen schwarzen Haar und ihren außergewöhnlichen Augen, die leicht silbern schimmerten, warf Cameron dieses für sie so typische Lächeln zu – selbstzufrieden und so unwiderstehlich sinnlich, dass es für Cameron die reinste Folter war. Entschlossen hielt er ihrem Blick stand. Dass augenblicklich die Funken zwischen den beiden sprühten, war deutlich zu spüren.

Genauso wie die fiebrige Hitze und das nicht zu leugnende Verlangen, die Chayse in ihm weckte, wann immer sie in seiner Nähe war, schoss es Adrian durch den Kopf, als die Bedienung ihm sein zweites Bier servierte. Er nahm einen großen Schluck von dem kalten Getränk. Doch auch das löschte nicht das Feuer, das in seiner Brust brannte – und sich nun langsam nach unten ausbreitete …

Zum Teufel mit ihr!

Adrian stellte die Flasche auf den Tisch, lehnte

sich auf seinem Stuhl zurück und betrachtete die Frau neben sich, die im selben Moment aufsah. Er fing ihren Blick auf – diesen offenen, heißblütigen Blick, der ihn so leicht aus der Fassung bringen konnte. Dabei war es weniger die seltene veilchenblaue Farbe ihrer Augen, die ihn beunruhigte, sondern vielmehr die Art, wie diese Augen hinter seine Fassade zu blicken schienen. Hinter dem äußeren Schein, dem freien und ungebundenen Leben, das er seit ein paar Jahren führte, hielt er seine wahren Emotionen verborgen. Doch mit ihrer Verfolgungsjagd hatte sie es offenbar ganz persönlich auf ihn abgesehen – so als würde sie ihn zu faszinierend finden, um aufzugeben. Und offen gestanden versetzte ihn ihre unheimliche Gabe, ihn mühelos so durcheinanderzubringen und zu verunsichern, in Panik.

Glücklicherweise hatte sie keine Ahnung, welche Wirkung sie auf ihn hatte. Und das würde sie auch niemals erfahren, schwor er sich. Er würde sich keine Blöße geben und unter keinen Umständen zulassen, dass sie seine Selbstbeherrschung erschütterte.

Dann lächelte sie. Es war ein bedächtiges, sinnliches Lächeln, das ihn wie ein Blitz bis ins Innerste traf. Und genauso leicht, genauso schnell überkam ihn der Wunsch, diese zartrosa schimmernden Lippen zu küssen und Chayse zu schmecken – jeden Zentimeter und jede heiße, süße, geheime Stelle ihres Körpers. Aber am meisten wünschte er sich, sie gegen die nächste Wand zu drängen und sie spüren zu lassen, was sie mit ihm machte.

Er schob seine aufwühlenden Gedanken zur Seite und sah sie mit hochgezogenen Augenbrauen an.

»Was für ein Zufall, Sie hier zu treffen«, sagte er und bemühte sich nicht, den sarkastischen Unterton in seiner Stimme zu verbergen.

Sie tat seine verächtliche Bemerkung mit einem glockenhellen, selbstbewussten Lachen ab. »Was soll ich sagen? Ich bin eine willensstarke Frau. Wenn ich etwas finde, das mir gefällt und das ich haben will, dann verfolge ich mein Ziel – und ich schöpfe sämtliche Möglichkeiten aus, um es zu bekommen.«

Und jetzt wollte sie ihn. »Unnachgiebig, starrsinnig und verflucht hartnäckig trifft es eher«, murmelte er laut genug, dass sie und auch die anderen es hören konnten.

»Ich denke, dass Ihre Ausdauer durchaus bewundernswert ist.« Scott hob sein Bier und prostete Chayse mit einer übertriebenen Geste zu.

»Tja, danke.« Erfreut über seine Unterstützung, strahlte Chayse Scott an. »Ausdauernd und hartnäckig zu sein hat mich definitiv vorangebracht.«

Adrian verengte seine Augen und hob drohend seinen Zeigefinger in Richtung seines Cousins, der es gewagt hatte, sich auf ihre Seite zu schlagen. »Niemand hat dich nach deiner Meinung gefragt, Scotty, also würde ich es sehr begrüßen, wenn du sie einfach für dich behältst.«

Chayse wandte Adrian wieder ihre Aufmerksamkeit zu. Ihre Augen funkelten vergnügt. »Wenn *Sie* nicht so verdammt stur wären, müsste ich nicht so hartnäckig sein.«

Sie fuhr sich mit gespreizten Fingern durch ihre ständig etwas zerzaust wirkenden, kinnlangen, honigblonden Locken und strich sie sich aus dem Gesicht – eine Angewohnheit, die Adrian verdammt faszinierend und verführerisch fand. Die meisten der eigenwilligen Locken sprangen gleich zurück. Es juckte Adrian in den Fingern, sie wieder aus Chayses Stirn zu streichen und herauszufinden, ob sich ihr Haar genauso seidenweich anfühlte, wie es aussah.

Er räusperte sich, umklammerte mit der Hand seine Bierflasche und warf Chayse einen finsteren Blick zu. »Hatten Sie nicht eine Deadline, die bereits verstrichen sein dürfte?«

»Die Frist ist verlängert worden«, erwiderte sie und nahm einen Schluck von ihrem grünen Martini. Adrian nahm den Duft von Apfel wahr, bevor sie sich gemächlich mit der Zungenspitze über die Lippen fuhr, was seiner Lust einen zusätzlichen Kick verpasste. »Mir bleibt noch eine Woche«, fuhr sie fort und sah ihn an. »Und ich habe mich entschlossen, *Ihnen* die oberste Priorität einzuräumen und Ihnen so lange nachzustellen, bis Sie endlich nachgeben.« Ihr Tonfall war zwar frech und locker, aber ihr Blick ließ keinen Zweifel daran, wie ernst diese Worte gemeint waren.

Tja, zum Glück würde er für ihre »Nachstell-Pläne« nicht zur Verfügung stehen. Die nächsten drei Tage wollte er im Ferienhaus der Familie verbringen, um sich etwas zu entspannen und ein Wochenende voller Frieden und in absoluter Abgeschiedenheit zu genießen.

»Sie sollten lieber nicht darauf hoffen, dass ich meine Meinung ändere, Herzchen«, entgegnete

er. »Meine Antwort ist – und das wird sie auch immer bleiben: Nein danke.«
»Ach, komm schon, Adrian«, meldete Mia sich zu Wort und klang enttäuscht. »Es geht doch um einen guten Zweck, verdammt noch mal. Ich kann nicht fassen, dass du etwas ablehnst, das so vielen Kids im Kinderkrankenhaus helfen würde.«
Adrian presste die Kiefer aufeinander, schwieg jedoch. Mias Worte ließen ihn kalt und gefühllos wirken, obwohl die Gründe für seine Weigerung alles andere als eigensüchtig waren. Vielmehr hatte er Hemmungen davor, seinen alles andere als perfekten Körper vor all den Menschen, die den Kalender kaufen würden, zur Schau zu stellen. Doch er wollte die persönlichen, privaten Gründe für seine Entscheidung weder mit Chayse noch sonst irgendwem diskutieren.
Cameron warf Mia einen ungläubigen Blick zu. »Entgegen der landläufigen Meinung stehen nicht alle Männer darauf, als Sexobjekt zu dienen.«
»Seit wann das denn?«, erwiderte Mia und beugte sich zu Cameron herüber. Sie genoss die Aussicht auf eine Diskussion mit ihm sichtlich. »Komm schon, gib es zu, Süßer. Das Objekt der Begier-

de für eine Frau zu sein baut das männliche Ego doch enorm auf, oder?«
Cameron funkelte sie finster an – Ungeduld und noch etwas anderes, etwas Feuriges, schimmerten in seinen golden gesprenkelten Augen. »Ich gebe überhaupt nichts zu. Außer, dass du eine Chauvinistin bist.«
Unbeeindruckt von seinem Vorwurf, stützte sie ihr Kinn in die Hände und zwinkerte ihm zu. »Ich bin eine emanzipierte Frau, und ich bin stolz darauf.«
Bevor Cameron darauf etwas erwidern konnte, lenkte Steve die Unterhaltung in eine andere, vollkommen unerwartete Richtung. »Wie wäre es denn mit Scott, Chayse?« Steve klopfte ihm auf den Rücken. »Er ist in guter körperlicher Verfassung, tageslichttauglich, und er ist Single. Vielleicht könnten Sie ihn überreden, für Ihre Sache aus seinen Klamotten zu schlüpfen.«
Die bloße Vorstellung daran ließ Scott rot werden. »Äh, ich glaube nicht …«
Chayse lachte und nahm noch einen Schluck von ihrem Martini. »Keine Sorge, Scott. Obwohl Sie ganz sicher der reinste Augenschmaus sind und für den Kalender bestimmt auch nicht verkehrt

wären, sind Sie aus dem Schneider«, versicherte sie und richtete ihren Blick unbeirrt auf Adrian. Sie tauchte das Apfelstückchen, das auf dem Rand ihres Glases gesteckt hatte, in den Rest des Martinis, schob es sich in den Mund und kaute genüsslich. »Sie hingegen sind genau das, was mir für meinen Fotokalender noch gefehlt hat, Adrian. Wie die drei anderen Männer, die sich schon für das Projekt zur Verfügung gestellt haben, haben Sie das gewisse Etwas. Schließlich sind Sie der Besitzer von *Wilde Adventures* und richten mit Ihrer Agentur extreme Outdoor-Events aus. Damit sind Sie nicht nur ein Sportfanatiker, der die Extreme liebt. Sie verkörpern einfach alles, was ein Abenteurer haben muss – vom Aussehen bis hin zur Persönlichkeit.«

Sie rückte ihren Stuhl zurück und stand auf. Für einen Moment dachte Adrian, sie würde gehen, und eine unerklärliche Mischung aus Erleichterung und Enttäuschung durchflutete ihn.

»Ich muss mich kurz frisch machen«, sagte sie stattdessen und warf ihm einen knappen »Ich-bin-noch-nicht-fertig-mit-Ihnen«-Blick zu. »Vielleicht können die Männer und Mia Sie ja in der Zwischenzeit zur Vernunft bringen.«

Mit diesen deutlichen Worten schlenderte sie davon. Aufreizend wiegte sie die Hüften in ihrer enganliegenden Jeans. Adrian beobachtete, wie sie an der überfüllten Tanzfläche entlang zu dem Flur ging, der zu den Toiletten führte. Erst als sie verschwunden war, blickte er seinen Bruder, seinen Cousin, seine Cousine und Cameron an, die ihn mehr oder weniger interessiert, erwartungsvoll und amüsiert betrachteten.
Mia öffnete den Mund, um etwas zu sagen, doch Adrian brachte sie mit einer Handbewegung zum Schweigen. »Halt! Denk nicht einmal dran.«
Steve war nicht so leicht einzuschüchtern. »Ich muss zugeben, dass sie schlagende Argumente vorgebracht hat.«
»Ich bin nicht interessiert. Punkt. Ende der Diskussion.« Er trank sein Bier aus, aber ließ es bleiben, sich ein drittes zu bestellen.
»Gut.« Bedeutungsvoll blickte Steve ihn an. »Aber nur fürs Protokoll: Ich glaube, dass der kleine Dickkopf dir ganz schön zu schaffen macht – und wahrscheinlich geht es hier um mehr, als nur um das Posieren für diesen … ›Muskelprotz‹-Kalender.«
Adrians erster Impuls war es, Steves zugegebener-

maßen sehr scharfsinnige Bemerkung abzustreiten. Doch sein großer Bruder kannte ihn gut, und er wusste, was er in der Vergangenheit durchgemacht hatte. Er kannte die emotionale Achterbahnfahrt, auf die Adrians letzte Freundin ihn geschickt und die seine Ansichten über das weibliche Geschlecht nachhaltig beeinflusst hatte. Und er wusste, dass Adrian seitdem nie wieder eine Frau so nahe an sich herangelassen hatte.

Seufzend erhob sich Steve. »In diesem Sinne – ich muss los. Ich habe Liz versprochen, heute Abend mit ihr zusammen das *Daily Grind* abzuschließen, und ich hoffe, dass im Gegenzug für mich ein Caramel Frappacino herausspringt.« Er hob vielsagend die Augenbrauen und ließ keinen Zweifel daran, dass er sich von seiner Frau mehr erhoffte als nur eine eiskalte Kaffeespezialität.

Scott grinste. »Wie ist das Leben als Ehemann?«

Steve zog einen großen Schein aus seinem Portemonnaie und legte ihn auf den Tisch – es war genug, um seinen Drink zu bezahlen und der Bedienung auch noch ein sattes Trinkgeld zu spendieren. »Es ist verdammt viel besser als das hier«, entgegnete er und wies hinter sich – dort tummelten sich die anderen Gäste, von denen die meisten Singles waren. Hier in *Nick's Bar* hatten sie sich versammelt, lauschten der Band, spielten Billard oder Dart und versuchten doch eigentlich nur, Eindruck auf das andere Geschlecht zu machen.

Cameron schüttelte den Kopf und wippte auf seinem Stuhl zurück. »Tja, bei dir und auch bei Eric sieht das mittlerweile vollkommen anders aus. Gestern noch eingeschworene Junggesellen und heute schon freudestrahlende Ehemänner. Dagegen sehen wir jetzt natürlich ganz schön schlecht aus.«

»Was soll ich sagen, Jungs. Ich genieße das süße Leben.« Das breite Lächeln auf Steves Gesicht zeugte davon, wie glücklich er war. »Wenn die richtige Frau vorbeikommt, werdet ihr diese Sache mit dem häuslichen Glück auch verstehen – und es wird euch gefallen.«

Mit einem vielstimmigen »Gute Nacht!« wurde Steve verabschiedet und verließ die Bar. Adrian blieb zurück und dachte über die Worte seines Bruders nach und darüber, wie die richtige Frau Steves und Erics Leben verändert und ihrem Junggesellendasein ein Ende bereitet hatte. Noch nie hatte er seine Brüder so ausgeglichen und zufrieden erlebt, so glücklich mit ihrem Leben und mit den Frauen, die sie geheiratet hatten. In letzter Zeit begann Adrian, sich wie ein Außenseiter vorzukommen. Er fühlte sich seltsam rastlos und konnte diese innere Unruhe einfach nicht loswerden. Auch aus dem Grund hatte er sich für ein Wochenende im Ferienhaus der Familie entschieden – das Haus war ein stiller Rückzugsort, an dem man den Job und die Verrücktheiten des Alltags einmal hinter sich lassen konnte. Ganz zu schweigen von den alten, schmerzvollen Erinnerungen, die an ihm nagten, seit Chayse ihn zum erklärten Ziel für ihren Pin-up-Kalender gemacht hatte. Und seit er eingesehen hatte, dass er sie mehr mochte, als seine eigenen »Alles-nur-nicht-kompliziert«-Grundsätze es zuließen, nach denen er die vergangenen vier Jahre gelebt hatte.

Ohne Zweifel war er ein bodenständiger Mann mit einem ausgeprägten Körperbewusstsein, der Sex und all die Freuden liebte, die eine Frau ihm schenken konnte. Und wann immer ihm der Sinn danach stand, suchte und fand er eine nette und willige Partnerin. Doch mehr als das ließ er nicht zu … nur heißen, unbekümmerten Sex mit Frauen, die von Anfang an wussten, worum es ging, und die dasselbe wollten. Ihm war es egal, was sie über ihn dachten oder wie er in ihren Augen aussah, weil nur das gegenseitige Geben und Nehmen und die körperliche Befriedigung zählten. Anschließend gingen beide ihrer Wege – ohne Erwartungen und ohne Reue.

Er fuhr sich mit der Hand übers Kinn und musste sich eingestehen, dass in den letzten Monaten auch der schnelle Sex mit bereitwilligen Partnerinnen seinen Reiz verloren hatte. Und eine gewisse sture und hartnäckige blonde Schönheit war der Grund für sein mangelndes Interesse an anderen Frauen und für seine Enthaltsamkeit in der vergangenen Zeit.

Er hatte Chayse so fest ins Herz geschlossen, dass er sie nicht aus dem Kopf bekam, aus seinen erotischen Träumen und seinem Leben – egal, wie sehr er es versuchte. Und wenn er das Knistern zwischen ihnen spürte – was immer geschah, wenn sie einander trafen –, brachte es ihn fast um den Verstand und seine Zurückhaltung gehörig ins Wanken. Doch auch über ihre sinnlichen Reize hinaus fühlte er sich unerklärlich von ihr angezogen. Sie strahlte Wärme und echtes Mitgefühl aus – besonders, wenn sie über ihr Projekt redete oder die jungen Patienten im Chicagoer Kinderkrankenhaus, wo sie regelmäßig zu Besuch war und als freiwillige Helferin arbeitete.

Er warf einen nervösen Blick in Richtung der Toiletten, gerade als Chayse wieder auftauchte. Als sie zurück zu ihrem Tisch gehen wollte, wurde sie jedoch von einem großen, gutaussehenden Typen angehalten, der sie am Ellbogen festhielt. Sie stoppte, überrascht, aber nicht erschrocken über die Aktion des jungen Mannes. Charmant lächelnd deutete er mit einem Kopfnicken auf die Tanzfläche. Nach dem Motto: »Sicher, warum nicht?«, zuckte sie die Schultern, und gemeinsam gingen sie und mischten sich unter die Leute, die zu den rockigen Songs der Band tanzten.

Das Paar ließ es zuerst ziemlich unschuldig angehen, und Chayse schien Spaß zu haben. Aber es dauerte nicht lange, bis Casanova den Schritt wagte und ihre Nähe nutzte, um ein bisschen auf Tuchfühlung zu gehen. Er legte seine Hände auf ihre Hüften, die sie im Takt bewegte, und ließ sie im nächsten Moment frech auf ihren Hintern gleiten.

Die Eifersucht – ein Gefühl, das Adrian schon viel zu lange nicht mehr empfunden hatte – erhob ihr hässliches Haupt, bevor er es verhindern konnte. Seine Wut flackerte auf, als er sah, wie der Kerl sich an Chayse heranmachte. Es war eine besitzergreifende, unerwünschte Reaktion, auf die er sich *weigerte* anzuspringen.

»Himmel, Adrian«, sagte Scott und riss ihn aus seinen düsteren, fürchterlichen Gedanken. »Würdest du aufhören, so wütend zu den beiden rüberzustarren?«

»Der Typ hat seine Hand auf ihrem Arsch«, knurrte er und verachtete sich selbst dafür, dass es ihm so viel ausmachte.

Cameron grinste mit männlichem Tiefblick. »Und du wünschtest dir, es wäre stattdessen *deine* Hand auf ihrem Arsch, stimmt's?«

Adrian konnte die Wahrheit nicht leugnen – also versuchte er es erst gar nicht. Mit leicht zusammengekniffenen Augen beobachtete er, wie Chayse die wandernden Hände des Kerls von ihrem Po entfernte. Doch der Typ schlang seine Arme um ihre Taille, zog Chayse an sich und schob eindeutig zweideutig seine Hüften gegen ihre. Sie versteifte sich und stemmte ihre Hände gegen seine Schultern, um ihn sich vom Leib zu halten, aber der Kerl ließ sie nicht los und nutzte

das Gedränge auf der Tanzfläche um sie herum schamlos aus.
Adrian ballte seine Hände zu Fäusten, und die Muskeln in seinen Armen waren angespannt. Im Augenblick hatte er nur einen Wunsch: Er wollte den Typen verprügeln und ihn dann Stück für Stück auseinandernehmen. »Er belästigt sie praktisch vor aller Augen direkt auf der Tanzfläche.«
»Dann solltest du vielleicht rübergehen und etwas dagegen unternehmen«, schlug Mia hilfreich vor.
»Vielleicht werde ich das.« Während er zusah, wie der Mann Chayses Versuch ignorierte, sich aus seiner Umarmung zu winden, spürte Adrian, wie Wut in ihm hochkochte – dieser Anblick provozierte ihn so sehr, dass er alle Vernunft vergaß. Denn es hatte sicherlich nichts mehr mit Vernunft oder wohlüberlegten Entschlüssen zu tun, dass er jetzt durch das Lokal ging und sich zwischen den Tanzenden hindurchschob, um sie zu retten.
Als er hinter dem Kerl auftauchte, legte Adrian ihm seine Hand auf die Schulter und drückte fest zu. Damit war ihm die Aufmerksamkeit des Typen augenblicklich sicher.

»Was, zum Teufel …« Der Mann ließ Chayse sofort los und wollte herumwirbeln, um zu sehen, wer ihn gepackt hatte. Aber Adrians erbarmungsloser Griff verhinderte, dass er sich frei bewegen konnte.

»Die Lady ist mit mir hier«, sagte Adrian ruhig und gefährlich leise. Unsanft schubste er den Typen zur Seite. »Fass sie noch einmal an, und ich kann nicht mehr dafür garantieren, was dann passiert.«

Der Mann zog sein T-Shirt zurecht und warf Adrian einen vernichtenden Blick zu. Doch als er erkannte, dass Adrian ihm an Größe und Stärke deutlich überlegen war, sah er offensichtlich ein, dass es klüger war, ihn nicht herauszufordern, und verließ die Tanzfläche.

Adrian wollte Chayse an ihren Tisch zurückbringen, doch bevor er das tun konnte, hatte sie bereits ihre Arme um seinen Nacken geschlungen und hielt ihn mit ihrem sinnlichen, entwaffnenden Blick fest.

Verwundert schüttelte sie den Kopf, und ihre weichen, etwas widerspenstigen Locken berührten dabei ihre Wangen und ihr Kinn. »Das nennt man wohl vom Regen in die Traufe kommen«, zog sie ihn auf.

»Sagen Sie doch einfach danke schön«, brummte er. Er legte seine Hände an ihre Taille. Das erschien ihm am unverfänglichsten – denn eigentlich stand ihm der Sinn danach, sie ganz woanders zu berühren.

Im Takt der Musik tanzte sie an ihn heran und schmiegte sich noch näher an ihn, als sie es vorher bei dem anderen Typen getan hatte. Dieses Mal allerdings aus freien Stücken. »Danke schön – obwohl ich keine Hilfe gebraucht hätte.«

Sein Körper reagierte auf die Wärme und Zartheit ihrer Kurven, und eine heiße Welle der Lust ließ ihn hart werden. Er sah sie an. »Wie bitte? Sie mögen es, von Männern bedrängt zu werden?«

Sie lachte, und ihre Brüste berührten verlockend seinen Oberkörper. »Tja, das hängt alles von dem Mann und der Situation ab – obwohl ich sagen muss, dass das hier weder der richtige Mann noch die Situation war. Wenn Sie nicht plötzlich aufgetaucht wären, hätte er mit Sicherheit noch die unschöne Erfahrung gemacht, wie es sich anfühlt, mein Knie in die Weichteile gerammt zu bekommen.«

Bei der bloßen Vorstellung daran zuckte er zusammen und stellte fest, dass diese freche, temperamentvolle Frau durchaus in der Lage gewesen wäre, sich gegen ihren Tanzpartner zur Wehr zu setzen.

»Sie dagegen sind der richtige Mann – und zwar in *vielerlei* Hinsicht.« Mit den Fingern spielte sie mit seinen Haaren, die er im Nacken etwas länger trug, was fast ein wenig rebellisch wirkte. Sie legte den Kopf schräg und lächelte ihn verführerisch an. Ihr sinnlicher Mund verströmte unglaublich viel Erotik. »Was kann ich tun, damit Sie Ihre Meinung über meinen Kalender doch noch ändern?«

Also waren sie wieder beim Thema. »Absolut nichts.« Er atmete tief durch, als ihm plötzlich eine Idee kam, von der sie beide profitierten und die diese qualvolle Situation für ihn endgültig beenden würde. »Warum stelle ich Ihnen nicht einfach einen großzügigen Scheck aus, spende ihn Ihrer guten Sache, und wir belassen es dabei?«

»Ich will nicht Ihr Geld, Adrian«, erwiderte sie mit sanfter Stimme. Viel zu gefühlvoll ließ sie ihre Hände über seine Schultern und bis zu seiner Brust gleiten. »Ich will *Sie.*«

Einerseits spielte sie mit diesen Worten natürlich auf ihre Jagd nach ihm für ihren Kalender an –

aber andererseits beinhaltete ihre Äußerung auch eine verführerische, eine sexuelle Bedeutung. Zu gern hätte er sie – was die zweite Bedeutung betraf – beim Wort genommen, um endlich die Lust zu stillen, die ihn seit einer Stunde fast wahnsinnig machte und die sich mit jeder langsamen, rhythmischen Bewegung ihres Körpers, mit dem sie sich eng an ihn schmiegte, noch verstärkte.
Und wenn er nicht vorsichtig war, würde diese Lust seinen Verstand endgültig ausschalten. »Sie sollten lieber mein Geld nehmen, Süße, denn das ist alles, was Sie von mir erwarten können.«
Sie dachte einen Moment lang darüber nach. »Ich sage Ihnen was: Ich schlage Ihnen einen Deal vor.«
Er musste zugeben, dass er neugierig war zu hören, was sie zu sagen hatte. Obwohl er selbstverständlich nicht vorhatte, sich auf irgendeinen Kompromiss einzulassen. »Was für einen Deal?«
Sie blickte ihm tief in die Augen, vorbei an den Schutzmauern, die er errichtet hatte, und sie schien ein Stückchen seiner Seele zu berühren. »Sagen Sie mir, wovor Sie sich wirklich verstecken, und ich höre vielleicht auf, Sie weiter zu nerven.«

Adrian versuchte durchzuatmen, doch seine Lunge war mit einem Mal so verkrampft, dass es unmöglich erschien. Wie, zum Teufel, es ihr gelungen war, ihn an dem Punkt zu treffen, an dem er besonders empfindlich war, wusste er nicht. Und er würde auch nicht bleiben, um es herauszufinden. Er musste weg von Chayse und ihrer viel zu zielsicheren Intuition. Abrupt ließ er sie los, löste ihre Arme, die sie noch immer um seinen Nacken geschlungen hatte, und verschwand, ohne sich noch einmal umzusehen, in Richtung der Toiletten.

Als er im Waschraum stand und sicher war, dass er allein war, schlug er mit der Faust gegen eine der Stahltüren. Doch auch das linderte nicht den Frust, der ihn fest im Griff hatte – sexuell und auch sonst. Wie ein eingesperrtes Tier lief er auf dem Linoleumfußboden auf und ab. Er konnte nicht begreifen, wie leicht es Chayse geschafft hatte, seine Selbstbeherrschung so gefährlich ins Wanken zu bringen. Immerhin hielt er sich für einen Mann, der immer alles unter Kontrolle hatte – in seinem Leben, in seinem Job und im Geschäft. Und vor allem bei den Frauen.

Wenigstens bis Chayse aufgetaucht war, musste

er sich eingestehen und strich sich mit gespreizten Fingern durch sein volles Haar. Jetzt kämpfte er die ganze Zeit darum, zwischen ihnen die Oberhand zu behalten und einen Aufruhr der Gefühle zu unterdrücken, den er nicht gebrauchen konnte. Und das Letzte, was er wollte oder brauchte, waren Verwicklungen mit einer Frau, die ihm so naheging.

Er hörte, dass jemand die Herrentoilette betrat, und drehte sich um. Überrascht stellte er fest, dass es Chayse war, die nur einige Schritte von ihm entfernt stand. Sie schloss die Tür ab, als wollte sie ihn daran hindern, wieder die Flucht zu ergreifen, und lehnte sich dagegen.

Er stemmte die Hände in die Hüften und versuchte, seinen furchterregendsten Blick aufzusetzen. »Nur, falls es Ihnen entgangen sein sollte: Sie befinden sich auf der Herrentoilette.«

Sie ignorierte seinen Sarkasmus. Wieder stand dieser offene, forschende Ausdruck in ihren Augen. »Mia hat erwähnt, dass Ihre Brüder Sie ›The Wilde One‹ nennen, weil Sie beim Sport und anderen Abenteuern die Extreme lieben. Stimmt das?«

»Ja.« Nicht sicher, worauf sie hinauswollte, machte er eine ungeduldige Handbewegung. »Was wollen Sie?«

Sie sah ihn eindringlich an. »Wie wild und mutig sind Sie *wirklich*?«

Wütend über die dreiste Art, mit der sie seine Männlichkeit in Frage stellte, ging er langsam auf sie zu und verringerte den Abstand zwischen ihnen immer weiter, bis er irgendwann direkt vor ihr stand. Diese kleine, hitzköpfige Frau versuchte offenbar tatsächlich, ihn unter Druck zu setzen und ihn dadurch zu packen – nur damit er ihr doch noch das gab, worum sie seit vier Monaten kämpfte.

Aber das würde nicht passieren.

Er stemmte neben ihren Schultern die Hände gegen die Tür und sperrte sie so zwischen dem Holz der Tür und seinem angespannten, unnachgiebigen Körper ein. Sein Mund verzog sich zu einem grimmigen kleinen Lächeln. »Sie wollen wissen, wie mutig ich bin?«

Statt sich durch den gefährlichen Klang seiner Stimme einschüchtern zu lassen, hob sie ihr Kinn beinahe trotzig an. »Ja, das würde ich gern wissen. Ich glaube nämlich, dass Sie Ihrem Ruf als risikofreudiger Mann im wahren Leben nicht gerecht werden.«

Weil er nicht in ihren Kalender wollte. Er atmete tief durch. Gott, sie war frech und dreist, und sie wagte viel, wenn sie ihn jetzt herausforderte – heiß und gereizt und aufgebracht, wie er war.
»Tja, dann lassen Sie mich Ihnen demonstrieren, wie wild und extrem ich wirklich sein kann.«
Bevor sie etwas erwidern konnte oder ahnte, was er vorhatte, presste er seinen Mund auf ihren. Ganz leicht öffnete sie ihre Lippen und schnappte überrascht nach Luft. Er vergrub seine Finger in ihrem Haar und hielt ihren Kopf fest in seinen Händen, während er ihr einen fordernden, leidenschaftlichen Zungenkuss gab, dem sie nicht entkommen konnte.
Da er wusste, wie tough und unnachgiebig sie war, nahm er keine Rücksicht auf sie, sondern konzentrierte sich darauf, ihr Selbstbewusstsein ein wenig zu erschüttern, damit sie endlich aufgab und ihn in Ruhe ließ. Außerdem war er wild entschlossen, ihr klarzumachen, was er von ihr wollte, was er gierig nehmen würde, wenn er erst die Gelegenheit dazu bekam – *ihren Körper*.
Er kam ihr noch näher und legte alles in diesen heißen, schonungslosen Kuss – Aggression, Überlegenheit und den verzweifelten Wunsch, sie aus

seinen Gedanken, seinen Träumen, seinem Innern zu verdrängen.
Feuer brannte in seinem Bauch und breitete sich immer tiefer in ihm aus. Seine Wut vermischte sich mit dem nicht zu leugnenden Wunsch, sie ganz zu besitzen. Sie wehrte sich nicht dagegen, als er ihren Mund nahm, wie er ihren gesamten Körper nehmen wollte – mit seinen Lippen, seinen Zähnen, seiner Zunge. Das Verlangen nach ihr wurde stärker, zu einer gefräßigen Hitze und einem Hunger, die er nur mit Mühe unter Kontrolle halten konnte.
Seine Erektion drängte gegen ihren Bauch. Er schob seinen muskulösen Oberschenkel zwischen ihre Beine, höher, bis sie auf ihm ritt. Gott, nie zuvor hatte er sich so sehr nach einer Frau gesehnt wie nach Chayse. Obwohl sie ihn bis aufs Blut reizte, wollte er sie überall mit seinen Händen berühren, sie mit seiner Zunge schmecken, bis sie ihn darum anflehte, sie kommen zu lassen. Dann wollte er sie nehmen, bis sie vor Lust aufschrie, und schließlich die heiße, pulsierende Erlösung genießen, die er sich selbst so lange verwehrt hatte.
Sie erzitterte und stöhnte auf. Es war der Druck ihrer Finger, die sie in seinen Arm grub, der ihn aus

seinen sinnlichen Fantasien riss. Abrupt ließ er sie los und wich zurück, so dass er sie nicht länger gegen die Tür presste und sie nicht länger so eng umarmt hielt. Sie starrten einander an, beide schwer atmend, keuchend. Ihre veilchenblauen Augen waren aufgerissen und geweitet, ihre Miene vor allem überrascht und nur eine Spur unsicher.
Er hätte zufrieden sein können, dass er ihre Entschlossenheit endlich ins Wanken gebracht hatte, aber stattdessen zog sich sein Magen schmerzvoll zusammen, wenn er über sein gefühlloses Verhalten ihr gegenüber nachdachte. Noch nie zuvor hatte er eine Frau derart grob behandelt. Nicht, dass sie versucht hätte, ihn zu stoppen. Nein, sie hatte zugelassen, dass er sich so verhielt, und sie hatte schweigend akzeptiert, dass er dazu neigte, unerbittlich zu sein und alles unter Kontrolle zu haben.
Er nutzte die Überraschung, die sie noch immer lähmte, zu seinem Vorteil. »Wenn du immer noch auf deinen Bildern bestehst, musst du schon das Wochenende allein mit mir im Ferienhaus meiner Familie verbringen, um sie zu bekommen. Und eines kann ich dir versichern: Wenn du risikofreudig genug bist, mich zu begleiten, werden wir

beenden, was wir hier und heute begonnen haben. Bereit, diese Chance wahrzunehmen?«

Noch immer verwirrt über das, was geschehen war, schüttelte sie langsam den Kopf und flüsterte: »Nein.«

Er schloss die Tür auf und hielt sie für sie auf. »Das habe ich mir gedacht. Und glaube mir, du bist in jedem Fall besser dran, wenn du dir jemand anderen suchst, der für deinen Kalender posiert.«

Zum ersten Mal brachte sie kein Argument hervor, sondern schlüpfte wortlos aus der Herrentoilette – und wahrscheinlich aus seinem Leben. Genau wie er es sich gewünscht hatte.

Eigentlich hätte er überglücklich sein müssen, weil er sein Ziel erreicht hatte. Stattdessen hinterließ dieser Sieg einen bitteren Nachgeschmack in seinem Mund und weckte in ihm noch ein anderes, unerwünschtes Gefühl – Bedauern darüber, was hätte sein können.

2. Kapitel

Adrian würde bestimmt nicht erfreut sein, sie zu sehen – da war Chayse sich sicher. Sie lag in der großen Hängematte, die an den dicken Pfosten der Veranda des kleinen, gemütlichen Ferienhauses seiner Familie befestigt war, und wartete darauf, dass ihr Abenteurer erschien. Die Strahlen der Morgensonne kitzelten sie, und sie genoss die Wärme auf ihrem Gesicht und ihren nackten Beinen. Sie hatte sich darauf vorbereitet, seine Wut zu spüren zu bekommen und damit klarzukommen, denn sie wollte das Wochenende unbedingt mit Adrian verbringen, um die so heißersehnten Bilder zu bekommen. Und sie war fest entschlossen, diese Herausforderung nicht nur anzunehmen, sondern daran zu wachsen und Adrian zu zeigen, wie risikobereit *sie* sein konnte.
Vor allem nachdem sie sich am vergangenen Abend so unrühmlich gedrückt hatte.
Bei der Erinnerung an ihre feige Flucht zuckte Chayse unwillkürlich zusammen. Solch einen Moment der Schwäche wollte sie auf gar keinen

Fall wiederholen. Nachdem sie sich die halbe Nacht lang Vorwürfe gemacht hatte, dass Adrian sie mit dem heißesten, provokativsten Kuss, den sie jemals erlebt hatte, so leicht eingeschüchtert hatte, war sie am Morgen sehr früh aufgestanden – mit wiedererwachter Entschlossenheit und geballter innerer Kraft. Sie hatte ihr bisheriges Leben nicht gemeistert, indem sie vor Auseinandersetzungen geflohen war oder sich von irgendjemandem hatte zwingen lassen, etwas, das ihr wichtig war, einfach aufzugeben.
Im Alter von vierzehn Jahren hatte sie gelernt, resolut und stark zu sein. Damals war ihr zehnjähriger Bruder Kevin gestorben. Ihre Mutter hatte sich daraufhin emotional vollkommen zurückgezogen, und schließlich hatten ihre Eltern sich scheiden lassen. Sie war allein zurückgeblieben auf der verzweifelten Suche nach einem Platz, wo sie hingehörte. Sie hatte gelernt, sich auf niemand anders zu verlassen als auf sich selbst, und hatte den Mut entwickelt, Chancen zu ergreifen und für das zu kämpfen, woran sie glaubte oder was sie wollte. Und sie glaubte an dieses Kalender-Projekt, das ein Andenken an ihren Bruder war. Sie wollte Adrians umwerfendes Gesicht und

seinen sexy Körper, der nicht nur den Titel, sondern auch einige Seiten im Innern des Kalenders zieren sollte.

Tief atmete sie die kühle Frühlingsluft ein. Ebenso gut hätte sie auch einen anderen Abenteurer finden können, der Adrians Platz einnahm. Es wäre sicherlich einfacher gewesen, als sich dieser Auseinandersetzung mit »The Wilde One« zu stellen – und beinahe hätte sie auch aufgegeben, nachdem er sie mit seinem Kuss in der letzten Nacht vollkommen durcheinandergebracht hatte.

Doch da war noch ihre eigene brennende Neugierde, Adrian besser kennenzulernen und die wahren Gründe zu verstehen, warum er ihre Bitte immer und immer wieder abschlug. Sie wusste, dass er ein Geheimnis hatte. Schon immer hatte sie einen Sinn für so etwas gehabt, ein Talent, hinter die Fassade zu blicken. Vermutlich stammte diese verblüffende Begabung daher, dass sie als Fotografin arbeitete und die Fähigkeit besaß, einem Menschen tief in die Augen zu blicken, seine Körpersprache zu lesen und selbst die kleinsten Zeichen zu deuten, die anderen nicht einmal auffielen. Adrian lehnte dieses Fotoshooting, das jeder andere Mann im Namen der Wohltätigkeit wahrscheinlich mit Freude übernommen hätte, viel zu entschieden ab, und sie war hier, um herauszufinden, warum das so war. Sie hatte Herausforderungen stets genossen, und Adrian war so etwas wie ein großes, komplexes Puzzle, das sie faszinierte.

Wieder stand sie im Ring, um in die nächste Runde zu gehen und zu kämpfen, und dieses Mal mit einer klaren Abmachung in Form des Ultimatums im Rücken, das er gestellt hatte. Wenn sie die Bilder wirklich haben wollte, die sie sich von ihm wünschte, würde sie nicht nur ganz allein das Wochenende mit ihm verbringen müssen. Darüber hinaus konnte sie sich sicher sein, dass sich noch sehr viel mehr zwischen ihnen abspielen würde als nur ein Fotoshooting.

Ein Schauer überlief sie. Sie spürte, wie ihre Brustspitzen sich aufrichteten, gegen den Stoff ihres gerippten Tops drängten, und wie ein Gefühl der Aufregung sich in ihrem Bauch breitmachte. O ja, sie kannte seine Bedingungen und hatte sie akzeptiert, und sie war sich bewusst, dass ihr unerwartetes Auftauchen eine eindeutige Einladung an ihn war – sie präsentierte sich ihm auf dem Silbertablett, nackt und willig. Bereit für ihn.

Schon lange hatte sie keinen Sex mehr gehabt, und die Funken, die gestern zwischen ihnen gesprüht hatten, waren ein ziemlich deutliches Anzeichen dafür, dass sie ein verdammt wildes, befriedigendes Wochenende erwartete. Und am Ende würden sie beide das Ferienhaus verlassen und genau das haben, was sie voneinander wollten. In ihren Augen war dies eine Win-win-Situation – keiner von ihnen könnte dabei verlieren.

Der Gedanke zauberte ein Lächeln auf ihre Lippen. Mit den Füßen, die in leichten Sandalen steckten, stieß sie sich sacht von der Balustrade ab und setzte die Hängematte langsam in Bewegung. Sie seufzte, schloss die Augen und genoss den Gesang der Vögel und das Geräusch des rauschenden Baches, der am Ferienhaus vorbeifloss. Adrian war um diesen friedvollen Ort zu beneiden, an den er sich, wann immer ihm danach war, zurückziehen konnte. Dieser Zufluchtsort befand sich außerhalb des Kankakee River State Parks und war umgeben von Wanderwegen, Bäumen und zerklüfteten Felsen. Sie war Mia dankbar, dass sie ihr den Weg hierher beschrieben hatte, damit sie Adrian überraschen konnte.

Das rumpelnde Geräusch eines Wagens, der die

unbefestigte Straße zum Ferienhaus hinaufkam, riss sie aus ihren friedlichen Tagträumen. Sie öffnete die Augen und sah Adrians roten Jeep, der hinter einer Kurve auftauchte. Er bremste, kam vor dem Haus zum Stehen und wirbelte dabei eine riesige Staubwolke auf, die sich direkt über ihren frisch gewaschenen Honda Accord legte. Die Finger fest um das Lenkrad geschlossen, blieb Adrian reglos im Auto sitzen und starrte sie schockiert an.

Er schien nicht glauben zu können, was er sah und dass Chayse tatsächlich leibhaftig auf seiner Veranda saß. Lächelnd winkte sie ihm zu, um sicherzugehen, dass er sie nicht für ein bloßes Produkt seiner Fantasie hielt.

Sie beobachtete, wie er die Augen schloss, tief durchatmete und dann vom Fahrersitz des Jeeps sprang. Er ging zum Kofferraum des Wagens, nahm seinen Seesack mit einer Hand und zwei Plastiktüten mit Lebensmitteln mit der anderen und ging Richtung Ferienhaus.

Dass er nicht glücklich war, sie zu sehen, war maßlos untertrieben. Der Mann war fuchsteufelswild, und er musste nicht einmal einen Ton sagen, um seine brodelnde Wut deutlich zu machen. Die angespannte Körperhaltung, seine aufeinandergepressten Kiefer und sein wütendes Schweigen sagten alles.

Obwohl ihr Herz plötzlich wild schlug, blieb sie, wo sie war. In der Hängematte wollte sie zunächst einfach auf irgendeine Reaktion von ihm warten. Doch als er die Stufen hinaufging, schenkte er ihr nicht einmal einen flüchtigen Blick, der ihr gezeigt hätte, dass er sie überhaupt wahrnahm. Ohne ein Wort zu sagen, öffnete er die Tür und betrat das Haus. Hinter ihm fiel die Fliegengittertür mit einem lauten Knall zu. Das Geräusch ließ sie zusammenzucken. Unwillkürlich stellte sie sich die Frage, ob es eine gute Entscheidung gewesen war, in seinen männlichen Hoheitsbereich einzudringen.

Aber augenblicklich verdrängte sie diesen Gedanken aus ihrem Kopf. Sie würde nicht zulassen, dass er sie dieses Mal einschüchterte.

Einen Moment später kam er wieder heraus. Noch immer ignorierte er sie und ging zu seinem Jeep zurück, aus dem er noch weitere Tüten mit Lebensmitteln holte. Und erneut schaute er nicht zu ihr herüber, tat so, als wäre sie gar nicht da, und verschwand im Haus. Vielleicht hoffte

er, dass sie, wenn er sie nicht weiter beachtete, einfach gehen würde.
Nein. Keine Chance.
Sie hatte eigentlich damit gerechnet, dass er seinem Ärger verbal Luft machen würde. Doch sein Schweigen und seine unverhohlene Wut waren fast noch schlimmer, als wenn er wütend auf sie gewesen wäre und diesen Empfindungen auch freien Lauf gelassen hätte. Früher oder später – daran hatte sie keinen Zweifel – würde seine Selbstbeherrschung bröckeln, und er würde den Ärger, der in ihm schwelte, herauslassen.
Sie hörte, wie er im Innern des Ferienhauses werkelte. Doch er machte keine Anstalten, sich mit der Frau auseinanderzusetzen, die auf der Veranda auf ihn wartete. Chayse wusste, dass sie zwei Möglichkeiten hatte – entweder zu fahren und Adrian zu vergessen oder sich dem umwerfenden, aber mürrischen Adonis drinnen zu stellen und ihm klarzumachen, dass er sie nicht so einfach loswerden würde.
Da es für sie keinesfalls in Frage kam, unverrichteter Dinge wieder nach Hause zu fahren, ging sie zu ihrem Auto und holte die Tasche mit ihren Klamotten und ihre Fotoausrüstung. Innerlich

richtete sie sich dabei auf die unvermeidliche Konfrontation ein.
Sie musste zweimal laufen, um alles hineinzutragen, und stellte ihre Siebensachen vorerst ins Wohnzimmer. Das Ferienhaus war klein, aber gepflegt und hübsch eingerichtet. Es dominierten Eichenholz und beigebraune Farbtöne mit jagdgrünen Akzenten. Sie ließ ihren Blick schweifen und musterte die gesamte Ausstattung des Raumes. Zwei Türen führten in zwei separate Schlafzimmer, von denen das eine etwas größer wirkte als das andere. Es gab ein Badezimmer und eine gemütliche Essecke, die sich an die Küche anschloss.
Da sie wusste, dass Adrian noch immer die Lebensmittel einräumte, ging sie in Richtung Küche. Ihre Sandalen klackerten auf dem blankgebohnerten Parkett und kündigten sie an, doch er drehte sich nicht um und fuhr ungerührt fort, die Regale mit Konservendosen aufzufüllen.
Im Augenblick machte ihr das nicht viel aus, denn auch seine Rückseite war nicht zu verachten. Sie lehnte sich gegen den Holzrahmen der Tür und betrachtete ihn mit den Augen der Berufsfotografin – als das Objekt, mit dem sie arbeiten würde.

Doch es dauerte nicht lange, bis ihre weiblichen Instinkte die Oberhand gewannen und sie ihn als Mann in den besten Jahren sah, der sich körperlich und sexuell auf dem Höhepunkt befand.
Er hatte einen unglaublichen Körper, athletisch und perfekt gebaut durch seinen Job, bei dem er Veranstaltungen für Extremsportarten und Abenteuerevents im Freien organisierte und ausrichtete.
Seine offensichtliche zupackende Begeisterung fürs Freiklettern, Rafting und Skifahren im Winter hatte ihn ebenso geformt. Er war groß, mit breiten Schultern und einer schmalen Taille. Zerschlissene, bequeme Jeans schmiegten sich an seinen festen Hintern und seine muskulösen Beine. Soweit sie es beurteilen konnte, gab es an seinem durchtrainierten Körper kein Gramm Fett zu viel.
Er trug seine schwarzen Haare etwas länger, als es gerade Mode war. Weil er im offenen Jeep hergefahren war, wirkte sein dichtes glänzendes Haar zerzaust – er sah aus wie der typische Bad Boy. Der Mann war ein Naturbursche, ein echter Kerl mit Ecken und Kanten, eine atemberaubende Mischung aus Sex und Sünde. Er war ein unbe-

zähmbarer Rebell, der sie dazu herausgefordert hatte, mit ihm einen Abstecher ins Abenteuer zu unternehmen.

Wenn er sie doch nur endlich beachten würde.

Sie hatte genug von seinem Schweigen und entschloss sich, die Stimmung etwas aufzulockern. »Die Gastfreundschaft hier lässt ein wenig zu wünschen übrig.«

»Wenn du gern bedient werden möchtest, würde ich vorschlagen, dass du dir ein Zimmer im *St. Claire* nimmst.« Nachdem er die verderblichen Lebensmittel in den Kühlschrank sortiert hatte, schraubte er eine Flasche Orangensaft auf und trank sie halbleer.

Das *St. Claire* war eines von Chicagos nobelsten Hotels, und eine Übernachtung in einem der Zimmer war für sie schlicht unerschwinglich.

»Okay, dann gibt es hier also keinen Pagen, der mir die Koffer reinträgt, und auch keinen Zimmerservice, der mir was zu essen bringt. Ich werde es überleben. Ich schwöre, dass ich ziemlich pflegeleicht bin. Eigentlich brauche ich überhaupt nicht viel …«

Er drehte sich so schnell herum, dass sie den Faden verlor und einen Moment lang sprachlos

war. Seine blauen Augen schienen sie zu durchbohren, und der brennende Blick versengte sie beinahe. »*Was* machst du hier?«
Eigentlich hatte sie den Grund für offensichtlich gehalten. Aber jetzt wurde ihr schnell einiges klar: Er hatte nicht damit gerechnet, dass sie sein Angebot tatsächlich annehmen würde. Zur Abwechslung war es mal ganz angenehm, *ihn* überrascht zu erleben. »Wenn ich mich recht entsinne, hast du mich hierher eingeladen.«
Mit einem lauten Geräusch stellte er die Flasche Orangensaft auf die Anrichte. »Und wenn ich mich recht entsinne, sagtest du *nein!*«
»Ich hab's mir anders überlegt.« Sie zuckte die Schultern und fühlte, wie sich ihre Brüste hoben und senkten. »Das ist ein Vorrecht von uns Frauen.«
Röte überzog seine Wangen, und grimmig kniff er die Lippen zu einer schmalen Linie zusammen. Er musterte sie von oben bis unten, betrachtete eingehend ihr Top und ihre Shorts mit Kordelzug. Mit seinem bohrenden Blick schien er sie regelrecht auszuziehen – sie kam sich wie nackt vor. Als er schließlich bei ihren Brüsten innehielt, spürte sie, wie ihre Brustspitzen sich als Reaktion

darauf aufrichteten. Sie trug keinen BH. Weil sie nicht so üppig gebaut war, dass sie ständig einen tragen musste, und weil sie das beengende Gefühl nicht mochte, ließ sie den BH weg, wann immer es möglich war.

Chayse weigerte sich, wie eine verklemmte Jungfer die Arme vor der Brust zu verschränken, und er machte keine Anstalten, seinen heißen, hungrigen Blick zu verbergen – oder die Erektion, die sich gegen den Reißverschluss seiner Jeans drängte.

Am vergangenen Abend hatte er unmissverständlich deutlich gemacht, dass er ihren Körper wollte. Und offensichtlich hatte sich seine Meinung, nachdem er eine Nacht darüber geschlafen hatte, nicht geändert.

»Wie hast du hierhergefunden?«, fragte er schroff.

Sie nahm an, dass sie ihm zumindest eine Erklärung schuldete. »Ich habe Mia angerufen, und weil sie den Weg nicht kannte, hat sie deinen Bruder Steve gefragt. Er war so freundlich, ihr die Wegbeschreibung zu geben. Und sie hat es mir erklärt.«

Mit der Hand fuhr er sich über die Wange. »Na, dem werde ich ordentlich in den Hintern treten, wenn ich wieder nach Hause komme«, knurrte er.

»Er war nur hilfsbereit.«

»Er hat Grenzen überschritten und sich in Angelegenheiten eingemischt, die ihn nichts angehen.« Er deutete mit dem Finger auf sie, und seine abwehrende Haltung flackerte wieder auf. »Und was dich betrifft: Du bist umsonst gekommen, und du solltest deinen süßen kleinen Hintern lieber wieder nach Chicago bewegen, bevor ich dich zu Freiwild erkläre und die Jagdsaison eröffne.«

Ein kleiner Schauer jagte ihr über den Rücken und verstärkte nicht nur ihr Verlangen nach diesem Mann, sondern auch ihren Mut und ihre Entschlossenheit. Sie begann, Adrian zu verstehen, und wusste, dass er versuchte, ihr mit seinen drohenden Worten und seinem Verhalten etwas Angst einzujagen. Aber sie war bereit einzustecken, was er austeilte, und ihm zurückzuzahlen, was er verdiente.

»Ich glaube nicht, dass ich umsonst gekommen bin. Nicht, wenn ich an den Vorschlag denke, den du gestern gemacht hast.« Sie lächelte selbstsicher. »Ich erinnere mich, dass du mir gesagt hast, dass ich das Wochenende allein mit dir im Ferienhaus verbringen muss, wenn ich die Bilder von dir haben will. Tja, hier bin ich. Ich werde meinen Teil der Abmachung erfüllen, wenn du auch deinen erfüllst.«

»Gott, du bist die hartnäckigste und sturste Frau, die ich je kennengelernt habe!« Ungeduldig hob er die Hand. »Du verstehst es einfach nicht, oder?«

»Nein, ich verstehe deine Ablehnung wirklich nicht.« Und dabei *wollte* sie seine Gründe verstehen.

Er ging zu ihr, langsam, mit der Anmut eines Raubtieres, seine Miene so düster wie der Himmel während eines Sommersturms. »Du willst mich *nicht* in deinem Kalender haben.«

Sie atmete ungeduldig, beinahe verzweifelt durch. »Ich wäre wohl nicht extra hierhergekommen, wenn ich dich nicht in meinem Kalender haben wollte.« Sie schüttelte den Kopf, und ihre Haare kitzelten sie im Nacken. »Mia hat mir erzählt, dass du einer der nettesten, hilfsbereitesten und großzügigsten Menschen bist, die sie kennt, und sie kann auch nicht verstehen, warum du so ein Problem damit hast.«

Er hielt kurz vor ihr an. Die Hitze, die von ihm ausging, und der männliche Duft raubten ihr fast den Verstand und erzeugten ein kribbelndes Gefühl zwischen ihren Beinen. Die Fähigkeit dieses Mannes, sie heißzumachen – sogar während einer Auseinandersetzung –, war geradezu unglaublich. Andererseits war Adrian einfach ein unfassbar attraktiver Mann, der seit Monaten schon ihre erotischen Fantasien beherrschte.
Er erwiderte nichts, starrte sie nur schweigend an und erzeugte eine sexuelle Spannung zwischen ihnen, die mit jeder Sekunde stärker zu werden schien.
»Nenn mir einen Grund, warum du nicht an diesem Kalender-Projekt mitwirken willst«, drängte sie ihn. Sie brauchte endlich eine Antwort. Dabei musste sie sich zusammenreißen, nicht einfach die Hand nach ihm auszustrecken und ihn zu berühren, um zu testen, ob sie so seine Selbstbeherrschung ins Wanken bringen konnte. Stattdessen provozierte sie ihn mit der einzigen Waffe, die ihr zur Verfügung stand – mit Worten.
»Hör auf, länger drum herumzureden, was dich so verärgert hat, und überzeuge mich davon, dass ich wirklich jemand anders finden muss.«

»Du willst einen Grund?« Er war nur Zentimeter von ihr entfernt, und seine Stimme klang dunkel und wütend, während er den Saum seines grauen T-Shirts aus seiner Jeans zerrte. »Ich werde dir *drei* gute Gründe nennen, warum du hier verdammt noch mal verschwinden solltest, um dir einen anderen, *willigen* Kandidaten zu suchen.«

Mit einer fließenden Bewegung drehte er sich um, zog sein Shirt über den Kopf und warf es auf die Anrichte. Einen Moment lang war sie verwirrt, doch dann rang sie erschrocken nach Atem. Sein schöner Rücken, der von Sport und körperlicher Arbeit geformt war, wurde von zwei langen, dicken, abgeheilten Narben verunstaltet, die sich von seiner linken Schulter bis zur Mitte des Rückens zogen.

»Das sind schon mal zwei Gründe«, knurrte er und drehte sich wieder zu ihr um. Schnell löste er seinen Gürtel, machte den Knopf seiner Jeans auf und öffnete den Reißverschluss so weit, dass er das Bündchen seiner Hose und der Unterhose herunterziehen und ihr den letzten Makel zeigen konnte. »Und hier ist dein dritter guter Grund.«

Sie schluckte und sah an seinem Körper hinab. Ihr Blick folgte dem dunklen Haar, das um den Nabel wuchs und dann in einem schmalen Streifen schließlich weiter nach unten führte. Irgendwie gelang es Adrian, sich trotz der wachsenden Erregung, die sich deutlich gegen den Stoff seiner Unterhose abzeichnete, zu beherrschen und Chayse ungerührt anzusehen. Aber in diesem Moment war es nicht seine Erektion, die ihre Aufmerksamkeit fesselte. Ihr Blick blieb an einer weiteren Linie rötlicher, zerfurchter Haut hängen – eine dritte Narbe zog sich von seinem Hüftknochen Richtung Körpermitte und endete knapp über seinen männlichsten Teilen.

»Zufrieden?«, stieß er spöttisch hervor.

Sie hob ihren Blick gerade rechtzeitig, um das Aufflackern von sonst sorgfältig gehüteten Emotionen in seinen Augen zu bemerken. Doch sofort wurde es wieder von einem finsteren Ausdruck verdrängt. Es gab eine Geschichte hinter diesen Narben, da war sie sich sicher. Eine Geschichte, in der es um mehr ging als nur um die körperlichen Verletzungen. Diese Wunden waren vielleicht verheilt, aber sie war davon überzeugt, dass damit weitere Erinnerungen verbunden waren, die noch frisch und schmerzhaft waren. Und diese Erinnerungen waren der Grund für die Schutzmauer, die er zwischen ihnen errichtet hatte, und für seine trotzige Wut. Sie wollte unbedingt wissen, was geschehen war, doch sie spürte, dass dies nicht der richtige Zeitpunkt war, um darüber zu reden.

»Adrian«, brachte sie atemlos heraus. Sie wusste nicht, wie sie auf die extreme Reaktion antworten sollte, zu der sie ihn getrieben hatte. Doch andererseits bedauerte sie nicht, dass sie die Wahrheit jetzt kannte. »Es tut mir leid.«

»Ich will dein Mitleid oder deine Anteilnahme nicht.« Er entfernte sich von ihr, ohne sich die Mühe zu machen, seine Hose wieder zu schließen. Bei jedem seiner Schritte bewegten sich auch die Narben auf seinem Rücken. »Ich will nur, dass du mich verdammt noch mal alleine lässt.«

Das war ihr klar, doch er hatte sie keineswegs davon überzeugt, dass sie jemand anders für den Kalender finden musste. Noch immer wollte sie Adrian und alles, wofür er stand: Stärke und Sportlichkeit, gepaart mit einer unbezähmbaren Wildheit, die eine Menge Frauen dazu bringen würden, den Kalender zu kaufen.

Sie trat zu ihm, ohne darauf zu achten, dass sie ihm vielleicht zu nahekommen könnte. »Ich bemitleide dich nicht. Du wolltest mich schockieren, und das hast du geschafft. Niemals hätte ich mit so etwas gerechnet. Aber diese Narben ändern nichts an meiner Überzeugung. Tatsächlich machen sie dich menschlich, zu einem sexy Mann mit Ecken und Kanten – damit wirkst du nur noch anziehender.«

Er drehte sich wieder um. Mit einer Mischung aus Ungläubigkeit und Wut sah er sie an. Ihr ungehorsamer Blick war wieder auf die Narbe an seiner Hüfte gerichtet, die im Bündchen seiner Unterhose verschwand. Sein ganzer Körper schien vor unterdrücktem Zorn zu zittern – wie eine Hochspannungsleitung, die nur darauf wartete, zu zerreißen.

Langsam streckte sie die Hand aus und fuhr mit den Fingerspitzen ganz sacht über die Narbe. Er zuckte zusammen, und bevor sie die Narbe mit dem Finger weiterverfolgen konnte, packte er ihr Handgelenk und zog ihre Hand zur Seite, ohne sie jedoch loszulassen.

»Tu das nicht«, flüsterte er. Ein Muskel in seinem Gesicht zuckte. Er presste seinen Daumen gegen ihr Handgelenk und spürte, wie schnell ihr Puls ging.

Sie runzelte die Stirn und fragte sich, ob die Verletzung ihm noch immer Schmerzen verursachte. »Tut es noch weh?«

»*Du* tust mir weh«, erwiderte er heiser und ließ ihre Hand los. »Und wenn du mich noch einmal berührst, und wenn du bleibst, dann musst du damit rechnen, dass auch ich dich berühre.«

Die Drohung war unverhohlen sexuell und wahnsinnig aufregend. Dieses Mal wusste Chayse genau, was ihr bevorstand, und war darauf vorbereitet, die Konsequenzen ihres Handelns zu tragen. Ohne ihn aus den Augen zu lassen, streichelte sie seine Narbe und fasste ihn ganz ungeniert an. Sie forderte ihn heraus. »Dann tu es, weil ich nämlich nicht eher gehen werde, bis ich bekommen habe, weswegen ich gekommen bin.«

Blitzschnell packte er sie, vergrub seine Finger in ihrem Haar und drängte sie mit seinem harten, offensichtlich erregten Körper gegen den Kühlschrank. Mit einer Mischung aus Unmut und Verlangen stöhnte er auf, presste dann seine Lippen auf ihre, erkundete ihren Mund mit seiner Zunge und küsste sie so rücksichtslos wie am Abend zuvor. Sein Mund versprach Sünde und hemmungsloses, sinnliches Vergnügen, und Chayse passte sich ihm an, reizte ihn, schmeckte

ihn und ließ ihn spüren, dass sie bereit war, diesen Weg mit ihm bis zum Ende zu gehen.
Die fiebrige Intensität zwischen ihnen war brennend heiß, die Stärke und Energie ihrer Erregung ließ ihre Knie weich werden. Sie schlang die Arme um seine Taille und ließ ihre Hände nach unten gleiten, um durch den Stoff seiner weichen, abgewetzten Jeans hindurch seinen Hintern anzufassen. Unter ihren Händen spannte er seine Muskeln an, und seine lange, harte Erektion presste sich gegen ihre Beine. Sie spürte, wie sein Gürtel ihr in die Hüfte stach, doch sie war zu überwältigt von ihrer Lust, die sie immer stärker erfüllte, so dass sie diese kleine Unbequemlichkeit gar nicht richtig wahrnahm.
Während er sie noch immer mit leidenschaftlichen, wilden Küssen übersäte, die ihr fast den Verstand raubten, zerrte er ungeduldig am Saum ihres Tops und schob es hoch, bis ihre Brüste entblößt waren. Chayse spürte die kühle Luft auf ihrer nackten Haut. Sie zitterte und stöhnte auf, als er mit seinen kräftigen, warmen Händen ihre Brüste berührte, sie streichelte und drückte und ihre aufgerichteten, sensiblen Nippel zwischen seine Finger nahm und reizte.

Er unterbrach ihren Kuss, löste seinen Mund von ihr, neigte den Kopf und presste seine Lippen auf ihre feste, straffe Brust. Mit seiner Zunge leckte er über die Haut, bevor er mit den Zähnen zärtlich in die Brustspitze biss und dann daran saugte, bis sie dasselbe verlockende Ziehen auch in ihrem Bauch verspürte. Etwas wie ein elektrischer Schlag durchzuckte sie und gipfelte schließlich in kleinen heißen Wellen, die durch ihren Körper jagten und ihre Nervenenden in Aufruhr versetzten.
Ihre Haut kribbelte überall, fühlte sich warm und lebendig an. Sie schob ihre Finger in sein weiches, dichtes Haar und fühlte sich atemlos und schwindelig. Unmöglich konnte sie jetzt irgendetwas anderes tun, als sich an ihm festzuhalten, ihm ihren Körper anzuvertrauen und der stürmischen Leidenschaft, die sich seit vier Monaten zwischen ihnen angestaut hatte, freien Lauf zu lassen.
Er zwängte seinen Fuß zwischen ihre Füße und brachte sie dazu, ihre Beine ein wenig zu spreizen. Dann nahm er eine Hand von ihrer Brust und strich über ihre Seite bis hin zu ihrem Bauch. Als er das Bündchen ihrer Shorts erreichte, löste

er die Kordel und ließ die Hose auf den Boden gleiten.
Sie atmete hörbar ein. Ihr Herz raste erwartungsvoll, als er seine Hand zwischen ihre Schenkel legte und sie hungrig und fordernd küsste, ohne ihr die Möglichkeit zu lassen, auszuweichen oder sich zurückzuziehen. Er ließ seine Finger zu der Beinöffnung ihres Höschens gleiten, schob sie unter den Stoff, erkundete mit seinen Fingerspitzen ihre zarten Löckchen und ihre heiße Feuchte. Mit einem Finger glitt er ganz leicht in sie und ließ gleich einen zweiten folgen. Sie keuchte an seinen Lippen auf, doch dann presste er seinen Daumen gegen ihren geheimsten Punkt, genau dort, wo sie seine Berührung am meisten brauchte – und diese Berührung beruhigte und erregte sie gleichzeitig.
Als sie sich entspannte, drang er tiefer in sie, erfüllte und dehnte sie. Ihre Muskeln schlossen sich um seine Finger, als versuchten sie, das Eindringen zu verhindern. Sie ließ den Kopf in den Nacken fallen, stöhnte auf und fragte sich, wie sie *ihn* in sich aufnehmen sollte, wenn es erst so weit war.
Er erzitterte und legte sein Gesicht an ihren Hals. Sein Atem ging stoßweise, und sie spürte ihn auf

ihrer erhitzten Haut. »Du bist so verdammt eng, so heiß und feucht«, murmelte er ganz nah an ihrem Ohr. »Ich will in dir sein.«

Sie wollte es genauso sehr. »Ja«, flüsterte sie.

Er zog seine Finger zurück, und beinahe war sie darüber enttäuscht, als er jedoch plötzlich seine Hände unter ihren Po schob und sie hochhob. Als hätten sie es schon unzählige Male getan, legte sie automatisch ihre Arme um seinen Nacken, schlang ihre Beine um seine Taille und hielt sich fest, während er sie zum Schlafzimmer trug.

Als sie im Zimmer waren, ließ er sie auf die weiche Decke sinken, die auf dem Bett lag. Seine Augen funkelten gierig und voller Lust, als er ihr das Höschen auszog – beinahe hätte er es in seiner Eile, sie endlich nackt zu sehen, zerrissen. Er ließ ihr Top hochgeschoben über ihren entblößten Brüsten, streifte sich hastig und ungeduldig die Unterhose und seine Jeans über die Beine und befreite seine Erektion. Bevor sie sehen konnte, was sie bekommen würde, spreizte er ihre Beine und senkte seinen Kopf. Seinen heißen, feuchten Mund auf ihrem inneren Oberschenkel zu spüren, erschreckte sie. Er biss sie sacht, fuhr mit seiner Zungenspitze ihre zarte Haut entlang, bis

zu dem pulsierenden, heißen Punkt, der sich so nach seiner Berührung sehnte.
Sie keuchte auf, als er mit der Zunge über ihre Lustperle strich. Scheinbar unbarmherzig in seinem Bestreben, ihr einen Orgasmus zu verschaffen, schloss er seine warmen Lippen um sie und stieß mit der Zunge tief in sie hinein. Das Gefühl war scharf, fesselnd und raubte ihr den Atem. Ein Pochen begann tief in ihrem Bauch und breitete sich aus bis zwischen ihre Beine. Chayse griff ihm in die Haare, wollte mehr, brauchte mehr …
Mit seinen Daumen streichelte und reizte er sie rhythmisch. Zusammen mit seiner Zunge, die magische Fähigkeiten zu besitzen schien, empfand sie die intensivsten Gefühle, die sie je erlebt hatte. Unfähig, sich länger zusammenzureißen, schrie sie auf, bog sich seinem Mund entgegen, und der Höhepunkt kam wie eine heiße Welle, die ihren gesamten Körper durchflutete und sie erzittern ließ.
Ohne ihr die Chance zu geben, sich von ihrem Orgasmus zu erholen, legte er sich auf sie. Seinen muskulösen Körper auf ihrem zu spüren, ließ ihren Puls schneller schlagen. Sie streckte die Hand aus, um ihn zu berühren. Als ihre Finger ihn um-

schlossen, atmete Adrian hörbar ein. Er ergriff ihre Handgelenke, streckte ihre Arme über ihren Kopf und hielt sie dort fest, so dass er die volle Kontrolle über die Situation hatte.

Er schmiegte sich an sie und brachte sie mit dem sanften Druck seiner Schenkel dazu, ihre Beine noch weiter zu spreizen. Sie spürte seine Erektion, und ganz langsam drang er in sie ein, dehnte sie und setzte ihren Körper in Flammen. Sie erhaschte einen Blick auf seine dunkle, wilde Miene, bevor er sie tief und voller Leidenschaft küsste. Auf seinen Lippen, auf seiner Zunge konnte sie sich selbst schmecken, während er tiefer in sie stieß und sie vollkommen erfüllte.

Ihr Stöhnen vermischte sich, und als er begann, sich in ihr zu bewegen, konnte ihn nichts mehr aufhalten. Instinktiv wusste sie, dass ihr erstes gemeinsames Mal nicht zärtlich oder vorsichtig sein würde. Nein, die sexuelle Energie und die starke Hitze, die von ihm ausgingen, ließen keinen Zweifel daran, dass sie sich auf einen harten, hemmungslosen Ritt einstellen konnte.

Und genau das gab er ihr. Er stieß in sie, schnell und tief und hart, und bewegte sich in einem leidenschaftlichen, verführerischen Rhythmus, der so lebendig pulsierte wie ihr Herzschlag. Bei jedem treibenden Stoß berührten sich ihre Körper, bis sie fühlte, wie er sich anspannte, noch einmal tief in sie glitt und sie auf den Gipfel und darüber führte. Wieder kam sie so schnell und intensiv, dass sie glaubte, fast den Verstand zu verlieren. Und dann kam auch er. Ein tiefes Aufstöhnen entrang sich seiner Brust, als er sich heftig gegen sie drängte und sein eigener glühender Orgasmus ihn erfasste …

Widerwilliger, als er es sich eingestehen wollte, zog sich Adrian aus Chayses warmem, zartem Körper zurück, ließ sich neben sie auf den Rücken rollen und legte den Arm über seine Augen. Er fragte sich, ob er jemals wieder derselbe sein würde.

Seine Lunge war angespannt, sein Atem ging stoßweise, als wäre er einen Marathon gelaufen. Das Blut pulsierte hinter seinen Schläfen, und sein Herz hämmerte wild. Er fühlte sich vollkommen ausgelaugt und fertig. Vier Monate voller Enttäuschung und Verlangen und Lust hatten in diesem Liebesspiel gegipfelt – mit der Frau, nach der er sich genauso lange gesehnt hatte.

Was, zum Teufel, hatte er sich dabei gedacht, sie ins Schlafzimmer zu tragen, sie auf die Matratze zu werfen und sie wie ein wildes Tier zu nehmen? Das Problem war, dass er *überhaupt nicht* nachgedacht hatte – jedenfalls nicht mit seinem Kopf. Nein, er war viel zu gefangen gewesen von Chayse, von ihrem einzigartigen Duft, von der Zartheit ihrer Haut unter seinen Fingern, ihrem Geschmack auf seiner Zunge und dem unbedingten Wunsch, in sie zu dringen und sie zu besitzen. In dem Augenblick war alles andere unwichtig gewesen.

NiezuvorhatteeineFrauetwasDerartigesinihmausgelöst, ein so primitives, »Ich-muss-dich-jetzt-auf-der-Stelle-nehmen«-Gefühl. Doch Chayse hatte diese Wirkung auf ihn, seit er ihr zum ersten Mal begegnet war. Schon damals war ihm klar gewesen, dass es nur eine Frage des richtigen Ortes und der Möglichkeit sein würde, bis sie ihrer gegenseitigen Anziehung nachgaben. Ihre Auseinandersetzung in der Küche hatte ihnen eine solche Möglichkeit geboten. Sie hatte den Fehler gemacht, ihn zu provozieren, hatte ganz frech seine Narben berührt, die er ihr nur gezeigt hatte, damit sie endlich ging. Das war alles gewesen, was noch gefehlt hatte, um die unbändige Lust zu entfesseln, die unter der Oberfläche seiner Wut geschwelt hatte.

Als die kühle Luft im Haus über seine erhitzte Haut und seinen halbnackten Körper strich, traf ihn die Erkenntnis wie ein Schlag in die Magengrube. *Heilige Scheiße.* Er hatte mit Chayse geschlafen, ohne an Schutz oder Verhütung zu denken. Und das sagte eine Menge über seinen Geisteszustand aus – denn normalerweise war es für ihn ein feststehendes Ritual, vor dem Sex ein Kondom überzustreifen. Es hatte sogar Gelegenheiten gegeben, bei denen er abgelehnt hatte, weil kein Kondom zur Hand gewesen war.

Aber nicht heute. Und es war ein Thema, das er nicht unter den Tisch fallenlassen konnte – sowohl in ihrem als auch in seinem eigenen Interesse.

Er drehte sich auf die Seite und blickte sie an. Sie lag noch immer so da, wie er sie vor Minuten verlassen hatte, und wirkte genauso fertig, wie er sich gefühlt hatte. Sie hatte die Augen geschlossen, ihre Hände lagen über ihrem Kopf, wo er sie festgehalten hatte, und ihr Shirt war noch immer hochgeschoben. Ihre Brüste hoben und senkten sich bei jedem tiefen Atemzug, und ihre Nippel

waren fest und rosig wie der Rest ihres nackten Körpers.
Sie sah ... *wunderschön* aus, und er wollte sie berühren, wollte ihre zarte, warme Wange mit seinen Fingerspitzen streicheln und ihr das zerzauste Haar aus dem Gesicht streichen. Die Zärtlichkeit, die ihn plötzlich durchströmte, überraschte ihn. Hastig verdrängte er diese Gedanken, bevor er seinen Wünschen noch nachkam.
Er fragte sich, ob sie schlief oder ob er zu rauh mit ihr umgegangen war, zu fordernd, und sie sich erst davon erholen musste. Mann, er hatte sich nicht gerade als Meister der feinfühligen Verführung erwiesen und war ziemlich ruppig gewesen. Unruhe erfasste ihn, als er darüber nachdachte.
»Chayse?« Sanft murmelte er ihren Namen und tat das, was er sich eigentlich geschworen hatte, nicht wieder zu tun – er berührte sie, fuhr mit seinen Fingerspitzen über ihre Schulter und an ihrem Arm hinab. »Geht's dir gut?«
Sie wandte ihm den Kopf zu und schlug die Augen auf. Und als ein zufriedenes, sexy Lächeln ihre Lippen umspielte, musste er sich sehr zusammenreißen, um sie nicht an sich zu ziehen und sie noch einmal zu nehmen.

»Mir geht es gut«, erwiderte sie leise und zog ihr Top wieder über ihre festen kleinen Brüste – nicht aus Scham, sondern weil ihr, wie er vermutete, ohne seinen warmen Körper auf ihr einfach kalt war.
»Also ...« Er atmete tief durch. »Ich habe nicht verhütet.«
Langsam setzte sie sich auf, griff nach ihrem Höschen und zog es sich die Beine hinauf und über ihren Po. »Keine Sorge«, versicherte sie. »Ich nehme die Pille.«
Erleichtert nickte er. »Oh, gut.«
Sie warf ihm einen Blick zu und strich sich die Haare aus dem Gesicht. »Mein Arzt hat sie mir vor über einem Jahr aus medizinischen Gründen verschrieben ... und du bist der Erste, mit dem ich seitdem zusammen gewesen bin.«
Offensichtlich wollte sie ihn wissen lassen, dass sie so etwas nicht oft machte. Und diese Vorstellung gefiel ihm besser, als er zugeben wollte.
Er drehte sich auf die andere Seite, richtete sich auf und setzte sich auf die Bettkante. Während er seine Unterhose und Jeans hochzog, hatte er das Gefühl, sie beruhigen zu müssen. »Du sollst wissen, dass ich kerngesund bin. Du musst dir darüber also keine Sorgen machen.«

»Bei mir ist es auch so.«
Er nickte knapp. Mit einem Mal fühlte er sich in ihrer Gegenwart hilflos und unsicher – eine weitere Premiere, die ihn durcheinanderbrachte, denn für gewöhnlich bevorzugte er emotionslose Begegnungen. Und verdammt, er *hatte* etwas empfunden, als er in ihr gewesen war. Mehr als nur Sex und Spaß. Sie hatte nicht nur seine Narben angefasst, sondern hatte es geschafft, seine Seele zu berühren. Es war schon lange her, dass er eine Frau so nahe an sich herangelassen hatte.
»Du kannst das Bad hier benutzen«, sagte er und wies auf die angrenzende Tür. Beinahe verzweifelt sehnte er sich plötzlich danach, nach draußen zu flüchten. Er wollte klare, saubere Luft in seine Lunge pumpen, damit er nicht mehr den Duft von Sex, den Duft von Chayse wahrnehmen musste. »Ich nehme das Bad im anderen Schlafzimmer.«
Damit ließ er sie allein. Er war sich sicher, dass sie, nachdem er sie so behandelt hatte, ihre Sachen packen und zurück in die Stadt verschwinden würde, wo sie hingehörte. Der Gedanke hätte ihn beruhigen sollen – doch stattdessen empfand er dabei nur Leere.

3. Kapitel

Chayse gewährte Adrian eine halbe Stunde für sich. Dann entschied sie, dass es an der Zeit war, sich wieder ihrem eigentlichen Thema zuzuwenden und für ihre Sache zu kämpfen. Sie wollte nicht zulassen, dass er sich von ihr zurückzog, und noch immer wollte sie ein Nein als Antwort nicht akzeptieren. Und sie würde nicht zulassen, dass er bereute, was gerade zwischen ihnen passiert war. Es hatte sich schon so lange angekündigt, und es war das Warten wert gewesen.

Sie bereute nichts – bis auf die Tatsache, dass er so kurz danach geflohen war und sie sich allein fühlte, nachdem er sie zurückgelassen hatte. Und diese Erkenntnis überraschte sie, weil sie schon lange allein und im Grunde daran *gewöhnt* war.

Chayse hatte sich eine Jeans, ein Babydoll-Shirt und Sneakers angezogen und stopfte nun ihre Shorts, das Top und die Sandalen in ihren Seesack. Noch immer versuchte sie, sich innerlich von dem leidenschaftlichen Sex zu erholen. Und äußerlich ebenso, dachte sie mit einem kleinen

Lächeln. Ihre Haut war supersensibel, ihre Brüste fühlten sich geschwollen und zart an, und tief in ihrem Innern spürte sie noch immer das Prickeln der zwei unglaublichsten, umwerfendsten Höhepunkte, die sie jemals hatte erleben dürfen. Der Mann hatte mit Leichtigkeit ihre geheimsten Punkte entdeckt und diese Vertrautheit zu seinem Vorteil genutzt – und zu ihrem.

Sie nahm ihre Kamera, stellte sicher, dass ein neuer Film eingelegt war, ging hinaus und folgte dem stetigen und lauten Klopfen, das von der Seite des Ferienhauses zu ihr herüberdrang. Sie umrundete die Ecke und hielt abrupt an, gefesselt von dem Anblick, der sich ihr bot.

Adrian hackte Holz. Er wandte ihr den Rücken zu und legte gerade ein dickes Holzscheit auf den Hackklotz. Mit einem präzisen Schwung seiner Axt spaltete er das Holz in zwei Teile. Er warf die Scheite auf einen immer größer werdenden Haufen neben dem Haus und widmete sich dann dem nächsten Stück.

Noch immer hatte er kein Shirt an, und seine gebräunten, muskulösen Schultern und sein Rücken schimmerten in der Sonne. Bei jeder Bewegung glitzerten feine Schweißperlen auf seinem Oberkörper. Seine etwas zu langen Haare waren von ihrem Liebesspiel noch zerzaust, und die Enden lockten sich vor Feuchtigkeit in seinem Nacken. Er war fleischgewordene Sinnlichkeit und Sünde, der Inbegriff des hinreißenden, bodenständigen Mannes, der sich ganz in seinem Element befand. Sie hätte ihn nicht mit besseren Requisiten ausstatten oder ihn vor einen idealeren Hintergrund stellen können als die zerklüfteten Berge, die Bäume und Wanderwege, die ihn umgaben. Und so hob sie die Kamera und begann, ihn zu fotografieren. Dies hier war der abenteuerlustige, echte Kerl, den sie auf Film bannen wollte – keine Maske, keine Posen und kein künstliches Lächeln für die Kamera. Nur ein Mann, der eins war mit der Natur, ein Mann, der die Sonne genoss und die Erde und die harte körperliche Arbeit.

Er schenkte ihr keine Beachtung, obwohl sie sich sicher war, dass er sie hinter sich gehört haben musste. Bestimmt hatte er mitbekommen, dass sie näher gekommen war, dass die Kamera unablässig klickte und der Film weiterspulte. Sie trat zur Seite, bekam sein Profil in den Sucher und wählte eine Einstellung, bei der die rötlichen, zusammengezogenen Narben auf seinem Rücken, die ihn so verunsicherten, nicht sichtbar sein würden. Stattdessen konzentrierte sie sich auf seine muskulösen Arme, seinen durchtrainierten Oberkörper, den flachen Bauch und die schmalen Hüften, die durch die tiefsitzende Jeans besonders gut zur Geltung kamen.

Sie nahm wahr, wie sein dunkles Haar über seine Augenbrauen fiel, wie markant sein Kinn war, und betrachtete seinen schönen Mund, der ihr so viel Lust bereitet hatte. Irgendwann, so hoffte sie, würde er diese Lippen wieder zu einem seiner typischen Wilde-Lächeln verziehen, wie sie es bei ihrem ersten Treffen hatte erleben dürfen. Bevor er begriffen hatte, dass sie ihn für ihr Kalender-Projekt wollte.

Seitdem hatte sie dieses sexy Lächeln nicht mehr gesehen.

Während sie ihn weiter fotografierte, las sie seine Körpersprache, nahm durch die Linse die feinen Zeichen wahr und wusste, dass er nicht mehr wütend war. Zugegeben: Er ließ eine Menge überschüssiger Energie und Frust ab. Aber sie bemerkte eine Versöhnlichkeit, die ihre Zuversicht stärkte und in ihr die Hoffnung weckte, dass er von jetzt an mit ihr zusammenarbeiten würde.

Er hörte auf, Holz zu hacken, und blickte sie endlich an, als sie gerade ein weiteres Foto schoss. Er sagte nichts, was in ihren Augen ein weiteres gutes Zeichen war, dass er sie nicht wieder wegschicken würde. Nicht, dass sie dann tatsächlich gehen würde. Schweigend beobachtete er sie. Seine verführerischen blauen Augen wirkten hellwach und nachdenklich, als würde Adrian versuchen, sie zu ergründen und herauszufinden, wer die Frau hinter der Kamera wirklich war und was sie antrieb ... *und wovor sie sich versteckte?*

In diesem Augenblick spürte sie, wie sich etwas zwischen ihnen beiden veränderte. Ihr Herz schlug heftig, und ihr wurde klar, dass sie es nicht mochte, selbst das Objekt eines forschenden Blickes zu sein. Sosehr sie es liebte, durch den Sucher ihrer Kamera die Persönlichkeit und das Handeln eines Menschen zu beobachten und zu studieren, benutzte sie die Kamera doch gleichzeitig auch als eine Art Schutzschild, um ihre Gefühle und ihren Seelenschmerz dahinter zu verbergen.

Hinter der Linse hatte sie sich immer sicher gefühlt – sie hatte einen Blick auf das Leben anderer Menschen und auf ihre Gefühle werfen, aber ihre eigenen Emotionen verstecken können. Sie hatte nie Angst gehabt, dass jemand sie durchschauen könnte. Doch dass Adrian offenbar die Fähigkeit besaß, hinter ihre Fassade zu blicken, machte sie unsicher. Sie fühlte sich mit einem Mal verletzbar. Denn während seine Narben sichtbar auf seinem Körper waren, lagen ihre Wunden tief in ihrem Innern verborgen. Und sie hatte nicht das Bedürfnis, irgendjemanden so nahe an sich heranzulassen, dass er diese Wunden entdeckte. Genau deshalb waren ihre Beziehungen nie von Dauer gewesen. Sie hatte sie stets beendet, bevor etwas zu Ernstes daraus entstanden wäre. Bevor sie ihr Herz verschenkt und sich geöffnet hätte – auch für den möglichen Verlust oder die Zurückweisung, die sie nie wieder erleben wollte.

Ihr wurde klar, dass Adrian diese Macht besaß – und das war eine Erkenntnis, die sie bis ins Mark erschütterte.

Schließlich ergriff er das Wort, und sie war erleichtert, dass er sie aus ihren düsteren Gedanken riss. »Es tut mir leid, was da drin passiert ist«, sagte er, und seine Stimme klang dunkel und ernst. Er ließ sie nicht aus den Augen.

»Mir tut es nicht leid, also mach dir meinetwegen keine Vorwürfe.« Nicht bereit, ihre Kamera schon sinken zu lassen, machte sie noch ein Bild von ihm und noch eines. Auch wenn sie nicht wollte, dass er ihr im Moment in die Augen blickte, hatte sie doch kein Problem damit, zu diesem Thema ihre ehrliche Meinung zu sagen. »Alles, was passiert ist, wollte ich genauso, und es war der beste Sex, den ich seit langem hatte.«

»Ja, für mich auch.« Er verzog ganz leicht seine Mundwinkel. Es war so nahe an einem Lächeln, wie sie es schon seit Monaten nicht mehr erlebt hatte, und sie hielt es auf Film fest.

Er neigte seinen Kopf. Sosehr er vorher auch dagegen protestiert hatte, dass sie Aufnahmen von ihm machte, hatte er im Augenblick nichts gegen ihren Enthusiasmus einzuwenden. »Willst du immer noch das ganze Wochenende bleiben?«, fragte er ohne Umschweife.

Er forderte sie nicht auf zu gehen, und sie wertete das als ein positives Zeichen. »Ja«, erwiderte sie bestimmt und machte noch ein Foto von seinem Oberkörper, bevor sie die Kamera sinken ließ.

Bedächtig ließ er seinen Blick von ihrem Kopf bis zu ihren Füßen gleiten und dann wieder hinauf bis zu ihrem Mund. »Gut, weil es wenigstens so lange dauern wird, bis ich mit dir fertig bin.«

Bei der Aussicht darauf, für ein ganzes Wochenende Adrian zu gehören, sich ihm hinzugeben und vielleicht die eine oder andere sexuelle Fantasie, die sie hatte, erfüllen zu können, rieselte ihr ein wohliger Schauer über den Rücken. »Dann heißt das, dass wir einen Deal haben?«
Das verschmitzte Funkeln in seinen Augen sprach Bände. »Ich denke, ja.«
Erleichtert stieß sie die Luft aus und fühlte sich dazu gedrängt, ihm zu erklären, dass sie seine Zurückhaltung, sich ablichten zu lassen, verstand und ihn nicht in einer Art und Weise darstellen würde, die ihm nicht gefiel und mit der er sich nicht wohl fühlte. »Adrian … auch wenn ein guter Körper für den Kalender wichtig ist, um Käufer anzulocken, geht es doch nicht nur darum. Es geht auch um einen gewissen herausfordernden Blick, den du hast, und um ein verlockendes Lächeln. Das sind Dinge, die eine Frau ansprechen, die ihr ein Kribbeln im Magen verschaffen und ihre Knie weich werden lassen, wenn sie dein Bild anschaut.« Auf sie hatte er jedenfalls diese verführerische Wirkung. »Außerdem sollst du wissen, dass ich deine Empfindungen, was die Narben angeht, respektiere und die Fotos so

aufnehme, dass die Narben nicht direkt zu sehen sind. Und selbstverständlich überlasse ich dir am Ende die Auswahl der Bilder, die in den Kalender kommen.«

Er nickte dankbar. »In Ordnung.«

Glücklicherweise sah er aus jedem Blickwinkel gut aus. Darum bemüht, auch die letzten Spannungen zwischen ihnen aufzulockern, deutete sie mit dem Kopf in Richtung des Holzstapels. »Und? Bist du fertig damit, deinen Frust an diesen wehrlosen Holzklötzen auszulassen?«

Tatsächlich lachte er. Es war ein warmes, kräftiges Lachen, wie bester Cognac. »Ja, ich bin fertig«, sagte er und schlug die Axt in den Hackklotz.

Oh, wow, ein gutgelaunter, umgänglicher Adrian war weitaus eindrucksvoller als der sture Mann, den sie monatelang verfolgt hatte. Mia hatte ihr erzählt, dass Adrian unter normalen Umständen ein charmanter, sorgloser Mann war, der gern flirtete, und es freute Chayse, auch diese Seite an ihm endlich kennenzulernen. Es tat gut, etwas anderes zu spüren zu bekommen als nur seine bösen Blicke und seine Ablehnung.

»Ich hatte gehofft, wir könnten vielleicht ein bisschen durch die Berge wandern, damit ich noch ein paar Aufnahmen von dir in freier Natur machen kann – solange wir noch Sonne haben«, sagte sie.

Er hatte die Hände in die Hüften gestemmt und betrachtete die steilen Berge, die das Ferienhaus umgaben. Dann warf er ihr einen skeptischen Blick zu. »Bist du dir sicher, dass du mit diesen Bergen klarkommst?«

Offensichtlich wusste er genau, wie er sie provozieren konnte und dass sie kein Mensch war, der einer Herausforderung aus dem Weg ging. »Natürlich schaffe ich das!«

»Also gut«, erwiderte er. »Dann mal los.«

Zweieinhalb Stunden später kehrten sie von ihrem Ausflug in die Berge zurück. Adrian spürte das Adrenalin in seinem Blut – genauso fühlte er sich nach einem guten, langen, harten Work-out. Und über das unebene Gebiet zu laufen und die steilen Abhänge hinaufzuklettern, entlang deren sich die Wanderwege schlängelten, die er so gern nahm, ging definitiv als anstrengendes Training durch.

Er warf der Frau, die ihn auf dem Ausflug begleitet hatte, einen belustigten Blick zu. Ihre Haut war gerötet, und Schweißperlen glitzerten darauf. Während sie nach Luft rang, fühlte er sich belebt und gestärkt und bereit für eine neue Runde.

»Grundgütiger«, stieß Chayse atemlos hervor, als sie sich die Stufen zum Haus hinaufschleppte. »Warum hast du mir nicht gesagt, dass wir den Mount Everest besteigen?«

Er lachte leise und war erleichtert zu sehen, dass sie es mit Humor nahm. Die meisten Frauen fingen an zu jammern und zu meckern, wenn sie müde wurden. Chayse dagegen hatte die Zähne zusammengebissen und versucht, sich nichts anmerken zu lassen – sogar noch, als ihm längst schon aufgefallen war, wie erschöpft sie wirklich war. Für ihn war das jedoch das Zeichen gewesen, zum Ferienhaus zurückzukehren.

»Das war doch noch gar nichts, Süße«, sagte er und joggte praktisch mühelos hinter ihr die Treppe hinauf. »Du solltest mich mal auf eine echte Klettertour begleiten.«

»Danke, nein.« Sie ließ sich in die Hängematte fallen. Müde lag sie da und ließ ein Bein heraus-baumeln. »Gott, ich bin so unsportlich«, murmelte sie missmutig. »Meine Beine fühlen sich wie Wackelpudding an.«

»Aber du musst zugeben, dass du da draußen ein paar tolle Aufnahmen geschossen hast.«
Ihre Augen fielen zu, und sie murrte: »Ja, wenn du lange genug stehen geblieben bist, damit ich die Chance hatte, hier und da mal ein Foto zu machen.«
»Das habe ich nur getan, damit du weiterlaufen musstest. Sonst wärst du womöglich auf halber Strecke kollabiert«, zog er sie auf und bemerkte, dass er lächelte. Schon wieder. »Es war eine Sache, den Rucksack mit deiner Fotoausrüstung für dich zu tragen – aber nie im Leben hätte ich *dich* den ganzen Weg hier heruntergeschleppt.«
Wieder grummelte sie etwas – und es klang nicht gerade schmeichelhaft.
Sein Lächeln wich einem besorgten Stirnrunzeln, als er sie so schlaff in der Hängematte liegen sah. Er hatte ihr eine kleine Lektion in Sachen Sport erteilen wollen, ja, aber möglicherweise hatte er es ein wenig übertrieben. Augenblicklich fühlte er sich schuldig. »Du bleibst hier liegen, und ich hole dir etwas zu trinken.«
»Glaub mir, ich gehe nirgendwohin«, brummte sie.
Er lief ins Haus und legte ihren Rucksack ins

Wohnzimmer, bevor er die Küche betrat, um eine Flasche Wasser für sie und ein kaltes Bier für sich selbst zu holen. Als er auf die Veranda kam, war sie eingenickt und schnarchte leise.

Erstaunt darüber, wie schnell sie eingeschlafen war, schüttelte er den Kopf. Er lehnte sich ihr gegenüber an die Brüstung der Veranda, öffnete die Bierflasche und stillte seinen Durst mit einem tiefen Schluck des kühlen Gerstensaftes. Zielsicher wanderte sein Blick zu Chayse, auf die zarten Lippen, die er geküsst hatte und wieder küssen wollte, und auf die zerzausten, kinnlangen, honigblonden Locken, die sich um ihr Gesicht gelegt hatten. Er wandte seinen Blick auf ihren Körper, betrachtete die Brüste, die sich ohne BH unter ihrem T-Shirt abzeichneten, und beobachtete, wie sich die sanften Hügel bei jedem ihrer gleichmäßigen Atemzüge hoben und senkten. Es fiel ihm schwer, nicht auf ihre aufgerichteten Brustspitzen zu starren, die sich scheinbar verlangend gegen den Baumwollstoff drängten und ihn daran erinnerten, wie sie sich in seinem Mund und auf seiner Zunge angefühlt hatten.

Ohne die Hitze zu beachten, die sich in seiner Lendengegend ausbreitete, trank er noch einen

Schluck von seinem Bier. Er musste zugeben, dass er den kleinen Ausflug mit Chayse genossen hatte. Er hatte sie aufgezogen und geärgert, und sie hatte gelacht und ihn selbst ein paarmal provoziert. Sie war definitiv eine Frau, die sich mit Worten und passenden Bemerkungen zur Wehr setzen konnte, und es hatte ihm viel Spaß gemacht, sich mit ihr zu messen. Und ja, auch mit ihr zu flirten.

Da seine Wut und sein Missmut ihr gegenüber verschwunden waren und sie sich, was den Kalender betraf, auf einen Kompromiss geeinigt hatten, hatte er ein paar seiner Schutzmauern abgebaut. Ein kluger Schritt oder eine dumme Entscheidung – darüber war er sich noch nicht ganz im Klaren. Aber er glaubte Chayse, dass sie ihn und seine Gefühle wegen der Narben respektierte, und er wusste instinktiv, dass sie ohne seine Erlaubnis oder Zustimmung keine Fotos von ihm veröffentlichen würde.

Mit dieser Übereinkunft zwischen ihnen hatte er sich entschieden, nicht mehr gegen das anzukämpfen, was zwischen ihm und Chayse war. Er fühlte sich zu stark zu ihr hingezogen, als dass er sich selbst den Spaß, mit ihr zu schlafen, vorenthalten hätte, und sie hatte deutlich gemacht, dass sie es genauso sah. Und während ihres gemeinsamen Ausfluges war ihm klargeworden, dass er sie schlicht *mochte.* Sie hatte einen tollen Sinn für Humor und genug Feuer, das ihn ständig forderte. Er bewunderte ihre Entschlossenheit und ihre Charakterstärke. In ihrem Kalender-Projekt ging sie vollkommen auf. Allmählich nahm er an, dass sie es aus viel persönlicheren Beweggründen begonnen hatte, als sie ihm erzählt hatte. Andererseits hatte er nie direkt danach gefragt, warum dieses Projekt ihr so wichtig war, und plötzlich war er sehr neugierig darauf, die Antwort zu erfahren.

Er trank sein Bier aus und entschloss sich, hineinzugehen und eine Dusche zu nehmen, bevor er das Essen vorbereitete.

Einige Zeit später wendete er gerade die Steaks auf dem kleinen Grill, den er draußen aufgestellt hatte, als Chayse aufwachte. Sie richtete sich in der Hängematte auf, strich sich die Haare aus dem Gesicht und rieb sich die Augen. Langsam erhob sie sich und streckte sich. Unvermittelt verzog sie das Gesicht und legte sich die Hand ins Kreuz. Er konnte nur vermuten, dass sich ihre

Muskeln während ihres kleinen Nickerchens in der Hängematte ein wenig verspannt hatten.

Adrian gab das Fleisch auf einen Teller, schraubte die Propangasflasche für den Grill wieder zu und ging die Treppe zur Veranda hinauf. »Hey, Schlafmütze. Perfektes Timing, würde ich sagen. Die Steaks und die Beilagen sind fertig, der Tisch ist gedeckt, und du musst dich nur noch fürs Essen frisch machen.«

»Wow, beeindruckender Service hier, das muss ich schon sagen.« Ein schlaftrunkenes Lächeln umspielte ihre Mundwinkel, und ein noch immer verschleierter Blick aus ihren veilchenblauen Augen traf ihn. »Das *St. Claire* ist nichts gegen dich.«

Er wies mit der Zange auf sie und unterdrückte ein Schmunzeln. »Dass du das ja nicht vergisst, Süße.« Zuvorkommend hielt er ihr die Fliegengittertür auf und folgte ihr hinein.

Sie wusch sich in der Küchenspüle die Hände und traf sich dann mit Adrian an dem kleinen Esstisch. Etwas steif und unentspannt ließ sie sich auf den Stuhl neben ihm sinken. Sie betrachtete die beiden Rib-Eye-Steaks, die Reispfanne und die Schüssel mit dem Salat und warf Adrian einen gespielt argwöhnischen Blick zu. »Du hast genug Essen da, um *zwei* Leute durchzufüttern. Bist du dir sicher, dass du niemanden erwartet hast?«

»Das Letzte, was ich erwartet habe, waren Gäste«, erwiderte er trocken und legte ihr eines der Steaks auf den Teller. »Jeder in meiner Familie, der das Ferienhaus benutzt, achtet darauf, dass immer genügend Vorräte da sind. Im Tiefkühlfach lagen noch Steaks, die ich in der Mikrowelle aufgetaut habe, bevor ich sie auf den Grill geworfen habe. Der Reis kommt aus einer Vorratsdose im Schrank, und ich habe auf meinem Weg hierher im Lebensmittelladen genug Grünzeug gekauft, um mir einen Salat zu machen.«

Sie nahm sich von der Reispfanne und warf ihm einen hoffnungsvollen Blick aus großen Augen zu. »Bekomme ich zum Nachtisch Crème brûlée?«

»Du solltest dein Glück nicht überstrapazieren!«, warnte er schmunzelnd und reichte ihr den Salat. »Ich habe etwas *Chocolate-Fudge-Brownie*-Eiskrem gekauft. Und *vielleicht* würde ich das Schokoeis mit dir teilen.«

»Das ist ein echter Anreiz, nett zu sein.« Sie streckte den Arm aus, um die Salatschüssel auf einen freien Platz auf dem kleinen Tisch zu stellen, zuckte zusammen und rieb sich die schmerzende Schulter. »Wow, ich kann nicht glauben, *was* mir alles weh tut. Es ist nicht leicht, mit dir da draußen mitzuhalten.«

»Dabei hast du dich echt gut geschlagen«, sagte er und meinte es auch so.

»Danke.« Sie gab etwas von dem Dressing über ihren Salat und streute noch ein paar Croûtons darüber. »Ich wollte mich einfach nicht so leicht geschlagen geben.«

Er lachte und war nicht überrascht herauszufinden, dass sie neben ihrer Entschlossenheit auch unglaublich ehrgeizig war.

Ein angenehmes Schweigen herrschte zwischen ihnen, als sie sich dem Essen widmeten, und er war erstaunt, wie schnell sie von Gegnern zu Freunden geworden waren. Und zu Liebenden. Es gab keinen Zweifel daran, dass er die freundschaftliche Beziehung und die körperliche Anziehung zwischen ihnen den Auseinandersetzungen der letzten vier Monate vorzog.

Er schnitt ein Stück von seinem Steak ab und zerkaute das saftige Fleisch genüsslich. »Also, was ist dein eigentliches Interesse an diesem Kalender – abgesehen davon, dass du Fotografin bist?«

Sie hob die Augenbrauen und war offensichtlich überrascht über diese Frage – und über sein Einfühlungsvermögen. Nachdem sie einen großen Schluck von der Milch genommen hatte, die er ihr eingeschenkt hatte, um Muskelkrämpfen vorzubeugen, fragte sie zurück: »Warum glaubst du, dass ich irgendein anderes Interesse an diesem Kalender haben könnte, außer der fotografischen Herausforderung?«

Ihre wachsame Miene bestätigte seine Ahnung, dass mehr in Chayse Douglas steckte, als nach außen hin sichtbar war. Und nun, da sie einen Waffenstillstand geschlossen hatten, wollte er wissen, was diese Frau antrieb – persönlich und beruflich. »Weil du so leidenschaftlich bist, was das Projekt betrifft und wie es sich entwickelt. Geht es ausschließlich um die Kleinen im Kinderkrankenhaus oder steckt ein persönlicher Grund dahinter?«

»Beides«, gab sie zu und stieß mit ihrer Gabel in den Gemüsereis. Nach einem kurzen Schweigen, als würde sie darüber nachdenken, ob sie es ihm erklären sollte oder nicht, fuhr sie schließlich fort: »Mein Bruder Kevin ist an einem Gehirntumor gestorben, als er zehn Jahre alt war. Ich war damals vierzehn, und ich habe meine gesamte Freizeit im Krankenhaus verbracht, um ihn zu besuchen. Zu der Zeit habe ich auch viele andere Kinder kennengelernt, die wegen der unterschiedlichsten Krankheiten im Hospital waren – einige von ihnen waren todkrank, wie Kevin.« In ihren Augen standen Schmerz und Trauer. »Ich habe schon an anderen Wohltätigkeitsprojekten mitgewirkt, um Geld für die Kinderstation des Krankenhauses zu sammeln. Aber ja, das Kalender-Projekt ist *mein* Baby.«

Er legte auf dem Tisch seine Hand auf ihre und drückte sie leicht. »Das mit deinem Bruder tut mir leid.« Er konnte sich nicht vorstellen, einen seiner Brüder oder einen Cousin oder seine Cousine zu verlieren. Sie waren eine eingeschworene Gemeinschaft, und ein solcher Schicksalsschlag hätte sie umgehauen – so wie der Tod ihres Bruders Chayse offensichtlich umgehauen hatte.

»Er war ein großartiges Kind. Immer gut gelaunt und optimistisch. Bis zum Ende.« Sie nahm noch einen Bissen von ihrem Steak, bevor sie weitersprach. »Aber ich vermisse ihn bis heute und frage mich oft, wie mein Leben aussehen würde, wenn er noch da wäre, wenn meine Eltern noch

immer zusammen wären …« Ihre Stimme erstarb, und sie schwieg, als hätte sie bereits mehr von sich preisgegeben, als sie vorgehabt hatte.
»Sie haben sich scheiden lassen?«
Sie nickte und zögerte einen Moment, ehe sie sich entschloss, ihm zu vertrauen und mehr zu erzählen. »Nach dem Tod meines Bruders zog meine Mutter sich emotional total zurück. Sie hatte eine schwere Depression, weigerte sich jedoch, sich behandeln zu lassen. Mein Vater konnte nicht mit der Situation umgehen, reichte die Scheidung ein, ging seiner Wege und hat schließlich eine andere Frau geheiratet.«
Der Schmerz in ihrer Stimme war beinahe greifbar. Wie eiskalte Hände legte er sich um Adrians Brust und machte ihm das Atmen schwer. Monatelang hatte er Chayse nur als die sture Frau mit dem losen Mundwerk und dem hitzigen Temperament gekannt, und jetzt war er geschockt zu hören, was für ein verletzliches, verlorenes kleines Mädchen sie gewesen war – und augenscheinlich war sie es tief in ihrem Innern noch immer.
»Wo sind deine Eltern jetzt?«, fragte er. Er war neugierig, das Ende dieser besonderen Geschichte zu erfahren.

»Meine Mutter ist vor zwei Jahren gestorben, und mein Vater lebt mit seiner Frau und seiner neuen Familie in Arizona.« Sie trank den Rest ihrer Milch aus und versuchte, möglichst lässig die Schultern zu zucken. »Ich rede nicht oft mit ihm, vielleicht zweimal im Jahr.«

Also war sie wirklich allein. Der Gedanke verstärkte den Schmerz in seiner Brust, und er wünschte sich, seine Arme auszustrecken, sie an sich zu ziehen und sein Bestes zu tun, um die düsteren Erinnerungen zu verjagen.

Mit einem Mal fuhr Chayse fast unmerklich zusammen und wirkte überrascht und ein bisschen verlegen, weil sie so viel ausgeplaudert hatte – und vor allem ihm gegenüber. »Noch nie habe ich jemandem all das erzählt – außer meiner besten Freundin Faith.«

Er fragte sich, ob sich überhaupt jemals jemand genügend um sie gesorgt hatte, um danach zu fragen. Und das sagte eine Menge über *sein* Interesse an ihrem Leben und ihrer Vergangenheit aus. »Ich verspreche dir, dass dein Geheimnis bei mir sicher ist.« Was für ein schmerzliches Geheimnis es war. Dagegen verblasste seine Vergangenheit.

Sie beendeten das Abendessen. Als Chayse sich

erhob, um ihm beim Abdecken zu helfen, zuckte sie wieder zusammen – ihre verspannten Muskeln protestierten gegen jegliche Art von Bewegung. Adrian nahm ihr den Teller aus der Hand und stellte ihn auf seinen. »Geh und nimm eine lange heiße Dusche, damit sich die verkrampften Muskeln lösen. Ich kümmere mich schon um den Abwasch.«

»Tja, das ist ein Angebot, das ich nicht ablehnen kann.« Ein kleines Lächeln umspielte ihre Mundwinkel. »Ich *hasse* es zu spülen.«

Er lachte leise und beobachtete, wie sie davonging. Es brauchte seine ganze Selbstbeherrschung, um sie nicht unter die Dusche zu begleiten und ihr dabei zur Hand zu gehen, ihre verspannten Muskeln und Gelenke zu lösen. Aber nach ihrem ernsten Gespräch nahm er an, dass sie etwas Zeit für sich brauchte, um sich wieder zu sammeln.

Und im Übrigen blieb ihm noch der Rest der Nacht, um sie zu verführen.

Chayse trat aus der Dusche und nahm sich ein trockenes Handtuch. Sie fühlte sich frisch und irgendwie entspannt – wenn auch ein wenig durcheinander, weil sie sich Adrian gegenüber, was ihre Vergangenheit und ihre Familie betraf, so leicht geöffnet hatte. Es stimmte, dass sie nie mit jemand anders als mit Faith darüber gesprochen hatte. Und obwohl sie geschockt war, Adrian so viel anvertraut zu haben, musste sie zugeben, dass sein echtes Interesse und seine ungeteilte Aufmerksamkeit sie dazu gebracht hatten, ihm das alles zu erzählen. Zweifelsohne war seine fürsorgliche Ader gefährlich für ihr Herz, und sie tat gut daran, ihre Emotionen an diesem Wochenende aus dem Spiel zu lassen. Sie hatten eine Abmachung – eine Abmachung, in der es um die Bilder für ihren Kalender und um großartigen Sex ging. Nicht mehr. Und das durfte sie nicht vergessen.

Sie frottierte sich ab, bürstete sich, um ihre Locken einfach an der Luft trocknen zu lassen, und zog sich den Baumwollpyjama an, den sie nachts trug. Dann verließ sie das Schlafzimmer, das sich direkt an das Wohnzimmer anschloss, und hielt abrupt an, als sie bemerkte, wie fleißig Adrian in der Zwischenzeit gewesen war.

Eine Luftmatratze lag aufgepumpt zwischen der Couch und dem Zweisitzersofa und war bedeckt mit Decken und Kissen – ein gemütliches kleines Liebesnest ... Adrian selbst hockte vor dem Kamin und hatte sich zu dem knisternden Feuer auf dem Kaminrost gebeugt. Er trug kein Shirt – so gefiel er ihr am besten – und hatte eine graue Jogginghose angezogen.

Mit einem Schürhaken stocherte er in den brennenden Scheiten herum, und sie betrachtete fasziniert das Spiel seiner Muskeln auf seinem breiten Rücken, der sonnengebräunt und makellos war – bis auf die zwei langen Narben, nach denen sie ihn noch fragen wollte. Nach allem, was sie ihm anvertraut hatte, schuldete er ihr die Geschichte.

»Hey«, grüßte sie ihn und durchquerte, angezogen von dem Mann und der Wärme, die der Kamin verbreitete, das Wohnzimmer. »Wofür ist das alles?«

Adrian warf ein weiteres Holzstück auf den Rost, machte das Kamingitter zu, damit sie vor Funken und herausspringender Glut geschützt waren, und richtete sich auf. Er wandte sich zu ihr um und ließ seinen Blick über ihren Pyjama gleiten, bevor er ihr ins Gesicht sah. »Ich dachte, du würdest dich vielleicht gern am Feuer entspannen. Ich könnte dir eine kleine Massage geben, damit

dein strapazierter Körper sich ein bisschen erholen kann.«
Ihre verspannten Muskeln jubelten angesichts dieses Angebotes, und auch der Rest ihres Körpers begann bei der Vorstellung, Adrians Hände überall zu spüren, vor Vorfreude zu prickeln.
»Das klingt wundervoll.«
»Betrachte mich als deinen persönlichen Masseur für heute Abend.« Ein jungenhaftes Lächeln umspielte seine Mundwinkel. Ihr Magen zog sich zusammen, und ihre Knie wurden weich. »Das ist das Mindeste, was ich tun kann. Immerhin habe ich dich heute den Berg hinaufgescheucht.«
»Das stimmt allerdings«, murmelte sie. Mit einem Mal wurde ihr bewusst, wie gefährlich ein ausgelassener, verführerischer Adrian ihr nicht nur körperlich werden konnte. Die Matratze lag zwischen ihnen. Unsicher, was er von ihr erwartete, fragte sie: »Wo willst du mich haben?«
»Na, das ist mal eine Frage ...« Seine dunkle Stimme war sexy und leicht spöttisch, während er sie verführerisch mit dem Zeigefinger zu sich lockte. »Komm her, zieh dein Top aus und leg dich mit dem Gesicht nach unten auf die Luftmatratze.«
Sie trat zu ihm, schlüpfte hastig aus ihrem Pyja-

maoberteil und legte sich mit dem Bauch auf die Decken, die vom Feuer angewärmt waren. Den Kopf auf die Arme gelegt, wartete sie auf das herrliche Gefühl von Adrians starken, fähigen Händen, mit denen er ihre körperlichen Schmerzen einfach wegmassieren würde.

Die Matratze neigte sich ein wenig, als er sich mit gespreizten Beinen von hinten auf ihre Schenkel setzte. Noch immer trug er seine Jogginghose. Doch der Baumwollstoff konnte nicht die Erektion verbergen, die sich gegen ihren Po drängte, als er sich nun vorbeugte, um sie zu massieren. Adrian legte seine Hände auf ihren Rücken, fing an zu kneten und bewegte sich runter zu ihrem Kreuz.

Ihrer Kehle entrang sich ein leises Stöhnen, sie entspannte sich vollkommen auf der Matratze und schmolz unter seinen festen, geschickten Bewegungen geradezu dahin. »Das … fühlt sich … *sooo* gut an. Wenn du mit mir fertig bist, werde ich Wachs in deinen Händen sein.«

»Gott, das hoffe ich«, erwiderte er mit rauher Stimme und presste seine Daumen gegen eine verkrampfte Stelle unterhalb ihrer Schulterblätter. »Erzähl mir, wie du zur Fotografie gekommen bist.«

Sie drehte ihren Kopf auf ihren Armen ein wenig, so dass er ihr Gesicht nicht mehr sehen konnte – auch, um das Lächeln zu verbergen, das ihre Lippen umspielte. »Dann geht es also wieder um mich, wie?«

»Was soll ich sagen? Du faszinierst mich eben.«

Sie empfand dasselbe für ihn – sogar mehr, als klug war. »Du weißt schon, dass es nur fair ist, wenn ich dich dann auch ausfrage, oder?«

»Hm«, brummte er, während er mit seinen Händen weiter Wunder vollbrachte. »Ich werde mich damit auseinandersetzen, wenn die Zeit gekommen ist.«

Daran bestand für sie kein Zweifel. Sie fragte sich, ob er ihr freiwillig alles über die Narben erzählen würde, wenn sie ihn danach fragte, oder ob er dieses Thema für dieses Wochenende vermeiden würde. Und sie nahm sich vor, das bald herauszufinden.

Was die Frage betraf, die er ihr gerade gestellt hatte – es war ein unverfängliches Thema, bei dem sie sich wohl fühlte und über das sie problemlos reden konnte. »Als ich in der elften Klasse auf der Highschool war, habe ich einen Kurs in Fotografie belegt. Am Ende des ersten Halbjahres erklärte der Lehrer, dass ich ein Naturtalent wäre, nahm mich unter seine Fittiche und lehrte mich alles, was ich über Fotografie wissen musste – wie zum Beispiel den Einsatz von Licht und Spezialeffekten und die Entwicklung des Films in der eigenen Dunkelkammer.«

Sie dachte zurück an die Begeisterung ihres Lehrers und seine Unterstützung und wie das alles ihre Zukunft geprägt hatte. »Die Fotografie hat mir eine ganz neue Welt eröffnet. Ich hatte etwas, worauf ich mich konzentrieren konnte, als zu Hause alles auseinanderbrach.« Als schmerzliche Erinnerungen sich in ihr breitmachen wollten, atmete sie tief durch, denn sie wollte nicht noch einmal an diese schlimme Zeit zurückdenken. »Nach der Highschool habe ich im Junior College ein paar Kurse belegt und abends gekellnert. Anschließend bekam ich meinen ersten Job bei einem Porträtfotografen, aber nach ein paar Monaten hatte ich keine Lust mehr, Tag für Tag dasselbe zu tun.«

»Du magst es also, auch geistig stimuliert zu werden«, vermutete er und strich mit seinen Daumen ihre Wirbelsäule entlang, bis hinauf zu ihrem Nacken, wo er ihre verspannten Muskeln massierte.

Sie erschauerte bei seinen Worten, die auch eine sexuelle Bedeutung beinhalteten. »Das, und ich liebe neue Herausforderungen. Mittlerweile arbeite ich freiberuflich für einige Werbeagenturen, die mich für Broschüren, Anzeigen in Magazinen und solche Dinge engagieren. Davon kann ich meine Rechnungen bezahlen, und es beschäftigt *und* stimuliert mich. Aber eines Tages würde ich gern meinen eigenen Fotoladen eröffnen und von allem ein bisschen anbieten.«

Er fuhr mit seinen Händen an ihren Seiten entlang. Seine Fingerspitzen berührten die sanften Hügel ihrer Brüste, und augenblicklich durchströmte ihn Lust, und Hitze breitete sich in ihm aus. »Ich habe keinen Zweifel daran, dass du dieses Ziel erreichen wirst.«

Unter seinen Händen schmolz sie dahin und genoss das erregende Gefühl. »Und warum?«, fragte sie neugierig und blickte in das Feuer, das im Kamin prasselte.

»Oh, ich weiß nicht«, erwiderte er mit seiner dunklen, samtigen Stimme. »Es liegt vielleicht an deiner sturen, entschlossenen, hartnäckigen Art, die mich glauben lässt, dass du alles erreichst, was du dir in den Kopf gesetzt hast. Wie zum Beispiel, mich dazu zu überreden, für deinen Kalender zu posieren.«

Er erhob sich von ihr, doch noch ehe sie dagegen protestieren konnte, hatte er seine Finger ins Bündchen ihrer Pyjamahose und ihres Schlüpfers geschoben und zog sie ihre langen Beine herunter. Sie stützte sich auf ihre Ellbogen, um sich umzudrehen, aber bevor sie ihr Vorhaben in die Tat umsetzen konnte, hatte er sich schon wieder mit gespreizten Beinen auf sie gesetzt, so dass sie sich nicht rühren konnte.

Auch er war nackt. Sie spürte seine Erektion an ihrem Po, als er sich hinabbeugte, seinen Oberkörper an ihren Rücken schmiegte und sie sanft auf die Matratze drückte. Er ergriff ihre Arme, hob ihre Hände über ihren Kopf und verschlang ihre Finger miteinander.

Sie stöhnte auf, und ihr Puls geriet ins Stolpern. Das Gewicht und die Wärme seines Körpers auf ihr jagten ihr lustvolle Schauer über den Rücken, brachten ihr Blut allmählich in Wallung. Dieser Mann liebte es, alles unter Kontrolle zu haben. Er war ein dominanter Typ, der offensichtlich sagen wollte, wo es langging – auch sexuell. Aber das machte ihr nichts aus, denn sie wusste, dass sie voll auf ihre Kosten kommen und mit diesem selbstsicheren, aufregenden Mann viel Spaß haben würde.

»Okay, du bist dran«, flüsterte er, berührte mit seinen warmen, weichen Lippen ihre Schulter und strich dann bis zu ihrer Halsbeuge. Sie erzitterte, als sie seinen Mund und seinen heißen Atem auf ihrer Haut spürte und er ihr Ohr küsste. »Frag mich was. Egal was.«

Er hatte ihr gerade die Möglichkeit gegeben, den Spieß umzudrehen, und ihn nach seinen Narben zu fragen. Doch wie sollte sie sich auf ein ernstes Thema konzentrieren, wenn sie an nichts anderes denken konnte, als ihn wieder in sich zu spüren? Ein Lächeln breitete sich auf ihrem Gesicht aus, und sie entschloss sich, sein Spielchen mitzuspielen. »Verrate mir eine deiner Fantasien.«

»Gott, wo soll ich da beginnen?«, murmelte er heiß an ihrem Ohr und drückte sein Becken gegen ihren Hintern. Seine Erektion presste sich gegen ihren Po, aufreizend, erregend. »Seit ein paar Monaten beflügelst du meine erotischen Fantasien, und in meinen Träumen habe ich dich schon so oft und auf ganz unterschiedliche Weise genommen. Ich habe zum Beispiel davon

geträumt, dass ich dich von hinten nehme – wie jetzt –, dass dein fester kleiner Körper mich gierig umschließt und dass du vor Lust und Freude, mich tief in dir zu spüren, laut schreist.«
Ein Schauer durchzuckte sie, betäubte ihren Verstand, machte ihren Körper willenlos. Sie wollte es auch. Sie spürte, wie sie heiß und feucht wurde, und wollte ihre Beine spreizen, damit er in sie dringen konnte, aber er hielt sie zwischen seinen Schenkeln fest. Eine Spur von Enttäuschung vermischte sich mit ihrer wachsenden Erregung.
»Adrian, bitte …«
»Schh, ich bin noch nicht fertig damit, dir von meinen Fantasien zu erzählen.« Er ließ eine ihrer Hände los und strich ihr das vom Duschen noch immer feuchte Haar aus dem Gesicht. Zärtlich knabberte er an ihrem Ohrläppchen, fuhr dann mit seiner Zungenspitze ihren Hals entlang, während seine Finger die sanften Hügel ihrer Brüste berührten. »Ich habe mir vorgestellt, wie du es mir mit diesem weichen, sexy Mund machst, dich dann auf mich setzt und mich reitest, während ich dir dabei zusehe, wie du deine Brüste anfasst und dich selbst streichelst, bis du kommst. Das ist übrigens eine meiner Lieblingsfantasien.«

Ganz langsam machte er sie verrückt. Sie konnte sich nicht bewegen, obwohl ihr Körper nach Erlösung schrie. Und sie hätte alles getan, um zu dem Orgasmus zu kommen, der so nah und gleichzeitig so unerreichbar war, hätte alle seine erotischen Fantasien befriedigt, um nur endlich das zu bekommen, wonach ihr Körper sich verzweifelt sehnte. »Dann lass es mich machen.«
»Hm, vielleicht werde ich das … in ein oder zwei Minuten.«
Offensichtlich hatte er sie noch nicht genug gequält, und da sie unter ihm gefangen war, konnte sie nichts tun, als ihm die Führung zu überlassen. Er schob seine flache Hand zwischen die Matratze und ihren Bauch und glitt nach unten. Vor Erleichterung hätte sie beinahe geweint, als sie endlich seine schlanken, warmen Finger zwischen ihren Beinen spürte.
Sanft und geübt streichelte er sie. »Ich liebe es, wie weich du dich hier anfühlst. So feucht und glatt. Und weil ich jetzt weiß, dass du wie der süßeste Nektar schmeckst, würde ich dich am liebsten immer trinken.«
Sie stöhnte auf, als er seine Zungenspitze in ihr Ohr tauchte und die langsamen, intimen Bewe-

gungen seiner Finger nachahmte. Ihr Atem ging schneller, als er noch weitere, dunklere, verbotene Fantasien mit ihr teilte, die er ihr mit leiser, tiefer Stimme ins Ohr flüsterte – bis ihr Geist und ihr Körper die Reize nicht länger ertrugen und sie mit einem heiseren Schrei kam.

Er zog seine Hand zurück und löste sich von ihr. Sofort fehlten ihr seine Wärme und sein Gewicht. Sie hörte, wie er mehr Holz aufs Feuer legte, und dann herrschte Stille, die nur von dem Knistern und Knacken der brennenden Holzscheite im Kamin unterbrochen wurde. Es dauerte noch einen Moment, bis sie sich so weit gesammelt hatte, dass sie sich umdrehen konnte, um nachzusehen, wohin er gegangen war. Er war nicht weit entfernt – und das war auch gut so, denn sie war noch längst nicht mit ihm fertig. Mit dem Rücken lehnte er am Sofa, hatte die Beine leicht angezogen. Sein eigener Hunger war noch lange nicht gestillt.

Er warf ihr einen begehrlichen Blick aus seinen blauen Augen zu und lockte sie mit dem Zeigefinger zu sich heran. »Komm her und reite mich, Chayse.«

Das war ein Befehl, den sie nicht verweigern

wollte. Erwartungsvoll leckte sie sich über die Lippen und kroch zu ihm. Doch statt sich sofort auf seinen Schoß zu setzen, entschloss sie sich, ihren Mund sinnvoll einzusetzen und Adrian ein bisschen leiden zu lassen, bevor sie ihm die Erlösung schenkte.

Sie beugte sich vor und nahm eine seiner harten Brustwarzen zwischen ihre Lippen, leckte darüber und knabberte zärtlich daran. Ein rauhes Aufstöhnen erklang, als sie langsam tiefer ging und heiße, feuchte Küsse auf seinen angespannten, flachen Bauch hauchte. Die Narbe auf seiner Hüfte fesselte ihre Aufmerksamkeit. Mit der Zungenspitze fuhr sie leicht über die vernarbte Haut und hörte, wie er überrascht einatmete, als er ihre zärtliche Berührung spürte. Schließlich gelangte sie nach unten, wo sich ihr seine Erektion entgegenreckte. Sogar dieser Teil von ihm war so umwerfend und prächtig wie der ganze Mann.

Sie umschloss ihn mit ihren Fingern und fühlte, wie er pulsierte. Ein Lusttropfen erschien, den sie sacht verstrich.

Sie musste ihn schmecken.

Behutsam nahm sie ihn in den Mund. Die zarte Haut fühlte sich heiß an und schmeckte salzig, als sie mit ihrer Zunge darüberfuhr. Adrian erschauerte und vergrub seine Finger in ihrem feuchten Haar. Sie saugte an ihm und nahm ihn so tief in sich auf, wie es ging, um die Fantasie, die er ihr ins Ohr geflüstert hatte, Wirklichkeit werden zu lassen. Mit ihrem Mund bereitete sie ihm lustvolles Vergnügen, reizte ihn mit ihrer Zunge und brachte ihn fast um den Verstand, bis sein gesamter Körper unter der Anstrengung, den Höhepunkt zurückzuhalten, erzitterte.

»O Gott«, stieß er atemlos hervor und versuchte verzweifelt, sie wegzuschieben. »Wenn du jetzt nicht aufhörst, komme ich.«

Da sie noch andere Dinge mit ihm vorhatte, bevor er kam, beachtete sie seine Warnung. Ein letztes Mal leckte sie mit ihrer Zunge über seine zarte Spitze, hauchte dann eine Spur von Küssen bis hinauf zu seiner Brust und krabbelte auf seinen Schoß. Mit gespreizten Beinen kniete sie sich über seine Schenkel und ergriff ihn mit ihren kühlen Fingern. Sie selbst war vom Vorspiel feucht und ließ sich nun Stück für Stück auf ihn sinken, bis sie ihn ganz in sich aufgenommen hatte und sich fest um ihn schloss.

Zitternd atmete er ein. Verlangen brannte in seinen Augen. Er packte sie an der Taille, zog sie an seinen angespannten Körper und fing an, sich in einem Rhythmus zu bewegen, der – das wusste Chayse – ihn schnell zum Orgasmus bringen würde.

Chayse fühlte sich unanständig und ein bisschen verdorben, als sie nun seine Handgelenke ergriff und festhielt. »Wenn ich mich recht an deine Fantasie erinnere, willst du doch zuschauen, wie ich komme, oder?«

Er keuchte auf. »Ich weiß nicht, ob ich es so lange aushalte.«

Lächelnd schob sie seine Arme zur Seite. »Ich werde dafür sorgen, dass du es aushältst.«

Ihm war offensichtlich nicht bewusst gewesen, dass er ihr in seiner Lieblingsstellung die Kontrolle überließ – sie war die Herrscherin über seine Lust und über seine Erlösung. Und sie genoss diese weibliche Macht. Während er noch immer tief in ihr war, fasste sie ihre Brüste an, streichelte die kleinen Hügel und reizte ihre Nippel, bevor sie mit der flachen Hand über ihren Bauch fuhr und sie schließlich zwischen ihre gespreizten Schenkel legte.

Sie stöhnte leise, als sie ihre Finger zwischen ihre

Beine gleiten ließ und über ihre Lustperle streichelte. Adrians Atem ging schneller, und mit ernster Miene und voller Verlangen verfolgte er, wie sie sich selbst befriedigte und einen erotischen Lapdance auf seinem Schoß vollführte, der nur für seine Augen bestimmt war.
Plötzlich spürte sie, wie sich heiß und intensiv der Höhepunkt anbahnte, und drängte sich gegen Adrian – gerade fest genug, um die Reibung in ihr und an ihrem geheimsten Punkt zu erhöhen. Sie nahm ihn noch tiefer in sich auf, erschauerte und kam mit einem sanften Seufzen. Zufrieden ließ sie sich gegen seine Brust sinken.
»Nette Fantasie«, murmelte sie und lächelte.
Er lachte angespannt und streichelte mit seinen Fingerspitzen über ihren Rücken. »Für dich vielleicht. Aber ich bin immer noch hart wie Stein.«
»Tja, das stimmt«, erwiderte sie. Absichtlich hatte sie ihn nicht erlöst und drängte nun ihren Po gegen seinen Schoß, was ihn prompt aufstöhnen ließ.
Sie hob den Kopf und blickte in seine blauen Augen, in denen Feuer und eine Leidenschaft brannten, die sie noch nie zuvor bei einem anderen Mann gesehen hatte. Es war Leidenschaft

für sie – und diese Erkenntnis wirkte auf ihren Körper und ihre Seele wie ein Aphrodisiakum.
»Als du mir von deiner Fantasie erzählt hast, hast du nicht darüber gesprochen, wie *du* kommst«, sagte sie leise. »Aber wenn du mich ganz lieb darum bittest, könnte ich mir vorstellen, dass ich dir den Gefallen tue und dir dabei behilflich bin.«
Ein belustigtes Lächeln erschien auf seinem Gesicht, als er ihr Spielchen mitspielte. »Dann lass mich kommen, Chayse«, sagte er und hauchte eine Spur Küsse auf ihr Kinn, ihre Wange, bis hin zu ihrem Ohr. »Ich brauche dich *wirklich* sehr.«
Ihr gefiel, was sie hörte. »Wie hättest du es gern?«
»So wild, wie du kannst«, erwiderte er.
Mehr als begierig, diesem Mann seine Wünsche zu erfüllen, schlang sie die Arme um seinen Nacken, schmiegte sich an ihn, so dass ihre Körper von der Brust bis zu den Schenkeln praktisch miteinander verschmolzen, und ließ dann ihre innere Sexgöttin die Kontrolle übernehmen. Sie senkte ihren Kopf, saugte und knabberte an seiner Unterlippe. Und als er seinen Mund für sie öffnete, drang sie mit ihrer Zunge ein und bewegte sie so, wie sie auch ihre Hüften gegen seine kreisen ließ.

Als er dieses Mal ihre Hüften umfasste, wehrte sie sich nicht. Er ließ sie das Tempo bestimmen, und sie bewegte sich auf ihm, begierig und hemmungslos. Sie spürte, wie er seine Schenkel unter ihr anspannte, spürte, wie sich seine Bauchmuskeln zusammenzogen, und wusste, dass er kurz vor seinem Höhepunkt stand.
Mit den Fingern in seinem Haar zog sie seinen Kopf zurück, küsste ihn leidenschaftlich auf den Hals bis hinunter in die Halsbeuge. Sacht biss sie hinein.
Hart und wie im Rausch stieß Adrian noch ein letztes Mal in sie, und sein Aufstöhnen in ihrem Ohr war der aufreizendste Laut, den sie je gehört hatte.
Als sein Zittern nachgelassen und er sich wieder beruhigt hatte, legte er sie mit dem Rücken auf die Matratze, so dass er auf ihr lag, und blickte sie mit einem schiefen, aber zufriedenen Grinsen an. »Hiermit vermache ich dir meinen Spitznamen ›The Wilde One‹. Du hast ihn dir verdient.«
Chayse lachte, glücklich darüber, dass er es genossen hatte. »Ich fühle mich geehrt«, erwiderte sie. Sie ignorierte das Funkeln in seinen Augen, in denen seine Liebe zu ihr stand, und das Ziehen in

ihrem Herzen, das sie warnte, dass sie drauf und dran war, diesem Mann zu verfallen. Schließlich zog sie ihn zu sich herunter, um ihn noch einmal voller Leidenschaft zu küssen.

4. Kapitel

Das fahle Licht des frühen Morgens, das durch die Wohnzimmerfenster fiel, war nicht so hell, wie Chayse es sich gewünscht hätte. Aber trotzdem wollte sie sich auf keinen Fall die Chance entgehen lassen, Adrian in seiner ganzen umwerfenden Sinnlichkeit des Morgens danach zu fotografieren.

Leise schlich sie mit der Kamera in der Hand zur Luftmatratze und ging in die Knie, um mit Adrian auf Augenhöhe zu sein. Mit dem Gesicht nach unten lag er zwischen den Kissen und den zerwühlten Decken. Wahrscheinlich musste sie sich gar nicht so anstrengen, leise zu sein, denn der Mann schlief wie ein Stein. Auch jetzt ging sein Atem tief und regelmäßig. Ohne Zweifel war er nach ihrer letzten gemeinsamen Nacht erschöpft, und sein Körper musste sich erholen. Sie hatte ebenfalls fest geschlafen – nachdem Adrian sie endlich hatte schlafen lassen. Der Mann ist einfach unersättlich, dachte sie mit einem versonnenen Lächeln.

Ihr Magen zog sich zusammen, was jedoch *nichts* mit ihrem Hunger auf ein Frühstück und *alles* mit Adrians Zauber auf sie zu tun hatte. Gott, der Mann war so sündhaft anziehend, dass er eigentlich nicht frei herumlaufen dürfte. Sogar schlafend und total zerzaust verströmte er noch eine ursprüngliche und sinnliche Anziehungskraft, die sie in jeder Hinsicht für gefährlich hielt – körperlich, seelisch und geistig. Die Erkenntnis, dass dieser Mann eine solche Wirkung auf sie hatte, war beängstigend, und sie war weder darauf vorbereitet, sich dieser Einsicht zu stellen, noch darauf, damit klarzukommen.
Sie stellte die Kamera manuell so ein, dass sie für die ungünstigen Lichtverhältnisse gerüstet war, und wandte ihren Blick dann wieder dem Objekt ihrer Begierde zu. Sie betrachtete seine natürliche Haltung, die nackte Silhouette seines muskulösen Körpers und musterte ihn bis hinunter zu der Decke, die seine Hüfte bedeckte. Ihr war aufgefallen, dass Adrian offenbar so heißblütig war, dass er nicht viel brauchte, damit ihm warm war. Sie hingegen zog es vor, sich unter einem Haufen Bettdecken zu verkriechen.
Ihre unterschiedlichen Schlafgewohnheiten hat-

ten ihn jedoch nicht davon abgehalten, mitten in der Nacht seine Arme nach ihr auszustrecken und sie fest an sich zu ziehen. Und sie hatte es zugelassen, hatte zugelassen, dass er die Einsamkeit füllte, die so lange Teil ihres Lebens gewesen war. Diesen Luxus wollte sie sich selbst zugestehen – wenigstens für einen oder zwei Tage, bis ihre Wochenendaffäre beendet wäre und die Realität sie wieder einholen würde. Und sie wollte ihn genau *so* in Erinnerung behalten, wenn sie wieder getrennte Wege gingen. Diese Fotos würden ihr ganz persönliches Souvenir an ihre gemeinsame Zeit sein.

Sie hob die Kamera, fokussierte auf Adrian und begann, Fotos zu machen. Überraschenderweise dauerte es nicht lange, bis das Klicken des Apparates ihn aus dem Schlaf weckte. Durch den Sucher beobachtete sie, wie er sich rührte, und bannte sein allmähliches Aufwachen auf Film. Langsam öffnete er zuerst ein Auge, dann das andere. Träge hob er eine Braue und verzog den Mund zu einem kleinen Schmunzeln.

»Bitte lächeln – du bist in der *Versteckten Kamera!*«, begrüßte sie ihn sanft.

Er lachte leise. Das tiefe, brummende Geräusch

kitzelte in ihrem Magen. Er rollte sich auf den Rücken und reckte und streckte seinen schlanken Körper. Sie nutzte die Gelegenheit, ihn nackt zu sehen und das Spiel seiner Muskeln zu betrachten. Sein glänzendes Haar stand ihm zerzaust vom Kopf ab, und ein Bartschatten, gegen den seine Augen wie zwei funkelnde Saphire wirkten, bedeckte Wangen und Kinn. Sogar die feinen Härchen in seinen Achselhöhlen wirkten weich und sexy.

Als er seine Beine beugte, rutschte die Decke um seine Hüften ein Stückchen herunter und gab nicht nur den Blick auf seine Narbe frei, sondern auch auf den faszinierenden Streifen Haare, der zu den wertvolleren Schätzen führte. »Du solltest besser die Kamera zur Seite legen, bevor du noch ein paar echt unanständige Bilder schießt«, warnte er sie mit tiefer, leicht spöttischer Stimme.

»Keine Sorge, du kannst so unanständig werden, wie du willst. Ich entwickle die Filme selbst.« Erst jetzt fiel ihr auf, dass sich unter der Decke seine Erektion abzeichnete. Sie ließ den Apparat sinken und warf ihm einen gespielt tadelnden Blick zu. »Aber, Adrian, macht diese Fotosession dich etwa an?«

Aus halbgeschlossenen Augen sah er sie an. »Nein, *du* machst mich an. Ich kann durch dein T-Shirt deine Nippel erkennen, und ich kann mich lebhaft daran erinnern, was sich unter diesem Höschen verbirgt.«

Sie begann zu zittern – und das lag nicht an der kühlen Morgenluft im Haus. Dieser Mann fand immer die richtigen Worte, um sie dahinschmelzen zu lassen. Und er besaß ein natürliches Talent, die Kamera zu verführen – und sie. »Hast du jemals daran gedacht, für das *Playgirl* zu posieren?«

»Nie im Leben!« Die bloße Vorstellung daran schien ihn vollkommen aus der Bahn zu werfen. »Dieser Fotokalender ist die Grenze – weiter würde ich nicht gehen.«

Sie lachte und fühlte sich frei und in Flirtlaune. Sie genoss den vertraulichen, intimen Moment zwischen ihnen. Dieser Moment würde für immer ihnen gehören. »Du würdest aber eine Menge Frauen glücklich machen.«

»Ich bin nicht daran interessiert, irgendwelche Frauen glücklich zu machen, sondern nur dich.«

Ihr Herz geriet kurz ins Stolpern und schlug dann wie wahnsinnig weiter. Sie ermahnte sich selbst,

nicht zu viel in seine Worte hineinzuinterpretieren, und sagte sich, dass sie den Ausdruck in seinen Augen, in denen sie eine tiefere Bedeutung gelesen hatte, bestimmt falsch gedeutet hatte.
»Dann wirst du sicher froh sein zu hören, dass du mich in der letzten Nacht wahnsinnig glücklich gemacht hast.«
»Und ich kann es heute Morgen noch einmal tun«, erwiderte er gelassen – und ganz schön überheblich.
Und weil Chayse aus eigener Erfahrung wusste, dass er seine vollmundigen Versprechungen auch mehr als erfüllte, hatte sie an dieser sehr selbstbewussten Äußerung nichts auszusetzen.
Ein unwiderstehliches Lächeln erstrahlte auf seinem Gesicht. »Leg die Kamera weg, komm her und lass mich dir zeigen, wie glücklich ich dich machen kann.«
Unfähig, ihm einen Wunsch abzuschlagen – oder in diesem Fall sich selbst den Spaß vorzuenthalten –, legte sie den Apparat vorsichtig zur Seite und krabbelte über die Matratze zu ihm. »Meinst du, dass du ›wahnsinnig‹ noch toppen kannst?«, zog sie ihn auf.
»Süße, ich *weiß*, dass ich es kann.«

Er drehte sie auf den Rücken, und bevor ihr glockenhelles Lachen verklungen war, hatte er ihr schon das Shirt ausgezogen und es auf den Boden geworfen. Und auch das Höschen war gleich danach Geschichte.

Er spreizte ihre Beine, kniete sich dazwischen und strich mit seinen warmen, starken Händen über ihre Schenkel, bis er mit seinen Daumen ihre Lustperle berührte. »Ich glaube, die Frage müsste lauten: Wirst du es überleben, wie glücklich ich dich mache?«

Voller Erwartung zitterte Chayse, und dieser Kerl wusste es genau. »Es gibt nur eine Möglichkeit, das herauszufinden, habe ich recht?«

»O ja«, stimmte er mit heiserer Stimme zu, und sie erhaschte noch einen Blick auf sein »Ich-werde-dich-lecken-bis-du-schreist«-Lächeln, bevor er es sich zwischen ihren Beinen gemütlich machte. Er hauchte Küsse auf ihre Schenkel und saugte dann an ihrer zarten Haut. Chayse atmete scharf ein. Ganz sicher würde ein Knutschfleck zurückbleiben.

»Vergiss ›wahnsinnig‹«, flüsterte er, als er fertig war und mit seiner Zunge allmählich zu dem Punkt strich, wo sie seine Berührung am meisten

ersehnte. »Wir wollen es ›herrlich‹, ›ekstatisch‹ und ›stürmisch‹.«
Dieser Mann machte keine leeren Versprechungen und erfüllte die Erwartungen in jeder Hinsicht …

Adrian nahm Chayse mit auf einen weiteren langen Ausflug in die Berge. Dieses Mal war es allerdings nicht so anstrengend wie am Tag zuvor. Sie folgten einem Weg, der an dem Bach in der Nähe des Ferienhauses entlang stromaufwärts führte. Dieser Weg würde Chayse ganz sicher ein paar tolle Lichtungen und Hintergründe für ihre Fotos bieten. Adrian trug ein weißes T-Shirt, Jeansshorts und Wanderstiefel, und nachdem sie ein paar Fotos von ihm im Shirt gemacht hatte, dauerte es nicht lange, bis sie ihn bat, sich für ein paar weitere Aufnahmen das Hemd auszuziehen. Als sie schließlich mit der zweistündigen Fotosession fertig war und erklärte, dass sie Hunger auf das Essen hätte, das er eingepackt hatte, machte er sich gar nicht erst die Mühe, sein Shirt wieder anzuziehen. Es war zwar kühl, aber die Sonnenstrahlen auf seiner Haut fühlten sich warm an und irgendwie wohltuend. Er begann allmählich zu begreifen, wie leidenschaftlich Chayse sein konnte, wenn es ums Fotografieren ging. Deshalb dachte er bei sich, dass er sich ebenso gut dafür bereithalten konnte, wenn sie spontan wieder Lust bekam, eine Aufnahme von ihm zu machen.

Auf einer Lichtung in der Sonne half sie ihm, eine Decke auszubreiten. Natürlich bestand sie darauf, ihn zu fotografieren, wie er auf der Decke lag, die Arme hinter dem Kopf verschränkt und auf einem Grashalm kauend. Er musste nur an den heißen Sex mit Chayse von diesem Morgen denken, den Knutschfleck, den er auf ihrem Schenkel hinterlassen hatte, und daran, wie oft er sie zum Höhepunkt gebracht hatte, bevor er selbst gekommen war, und schon erstrahlte auf seinem Gesicht das sexy Lächeln, das sie sehen wollte.

Sie machte Fotos aus einem Dutzend verschiedener Perspektiven, und er beobachtete sie bei der Arbeit. Wenn sie es verlangte, blickte er in die Kamera und befolgte ihre Regieanweisungen. Diese Frau hatte so viel Leidenschaft und Begeisterung – für alles, was sie tat: Voller Temperament hatte sie ihm Paroli geboten und war ihm sogar ins Ferienhaus gefolgt, um zu bekommen, was sie wollte. Sie machte mit Begeisterung Fotos und liebte ihren Job, und auch in der Liebe war sie voller Feuer. Es überraschte ihn, dass kein Mann zuvor ihre Qualitäten erkannt und sich Chayse geschnappt hatte.

Andererseits hatte sie vermutlich genau wie er das andere Geschlecht immer auf Distanz gehalten, um sich und ihre Gefühle zu schützen. Und er konnte nachvollziehen, warum sie sich beinahe verzweifelt an diesen Schutzmechanismus klammerte, denn in den vergangenen vier Jahren hatte auch er eine solche Mauer um sich herum errichtet. Jeder sah ihn als den sorglosen, ungebundenen Junggesellen, der das Abenteuer und die Herausforderung liebte. Aber nur wenige kannten den Mann hinter dieser Fassade. Den Mann, der vorsichtig geworden war und sich schützte, nachdem er von einer Frau verletzt worden war.

Und jetzt war er bereit, diese so persönliche Seite von sich mit Chayse zu teilen, weil er wollte, dass das, was zwischen ihnen war, sehr viel länger als nur ein Wochenende dauerte. Es waren nicht nur die Chemie und der großartige Sex, die zwischen ihnen stimmten, sondern auch die Freundschaft und die besondere emotionale Verbindung, die er so mit noch keiner Frau zuvor erlebt hatte. Sie passte einfach in so vielen Bereichen zu ihm, und nachdem er monatelang seine Gefühle für sie verleugnet hatte, wollte er sie nicht gehen lassen, ohne ihnen eine Chance zu geben. Und das bedeutete, dass er sich ihr öffnen und ihr wegen seiner Vergangenheit vertrauen musste.

»Oh, verdammt. Der Film ist voll. Und die Ersatzfilme habe ich im Haus liegenlassen.«

Sie klang enttäuscht, aber ein Teil von ihm war erleichtert. Von gestern bis heute hatte sie bestimmt zehn Filme verschossen, und während er im Namen der Wohltätigkeit mitgemacht hatte, war er doch einfach nicht dafür geschaffen, ein Model zu sein. »Gut. Dann können wir ja jetzt essen.« Chayse stand ein Stück von ihm entfernt. Er streckte seinen Arm nach ihr aus, umfasste ihren Unterschenkel, rückte zu ihr heran und begann, mit einem leisen, behaglichen Schnurren an ihrem Bein zu knabbern. »Ich bin so hungrig, dass ich dich hier auf der Stelle vernaschen könnte.«

Sie lachte, wich ihm aus, bevor er zärtlich in ihr verlockendes Fleisch beißen konnte, und warf ihm einen tadelnden Blick zu. »Zu viel Zucker ist gar nicht gut für dich.«

Sugar and spice and everything nice, that's what little girls are made of – Adrian fiel der alte Kinderreim wieder ein. Mädchen waren so süß wie Zucker, so feurig wie Gewürz, aus allen Köstlichkeiten der Welt gemacht. O ja, Chayse war besonders süß – in jeder Hinsicht. »Also gut. Zuerst das Essen, dann das Dessert.« Er hob vielsagend die Augenbrauen, damit sie auch ja verstand, dass *sie* sein Dessert war.

Während sie ihre Kamera einpackte, setzte er sich auf und griff sich den Extrarucksack, in dem er das Essen für sie beide verstaut hatte. Er nahm drei Sandwiches mit Schinken und Käse heraus – eines für sie und zwei für sich selbst –, eine Tüte Chips und zwei Dosen Sodawasser. Sie setzte sich neben ihn, und er hatte bereits sein erstes Sandwich aufgegessen, als Chayse schließlich das Schweigen zwischen ihnen brach.

»Okay, Mr. Wilde«, begann sie und warf ihm einen forschenden Blick zu. »Du schuldest mir etwas.«

Grinsend hob er die Brauen. »Was denn? *Noch einen* Orgasmus?«

Chayse zuckte unwillkürlich zusammen und wurde rot – eine Reaktion, die Adrian sehr liebenswert fand, denn sie zeigte eine sanftere Seite der Frau, die ihn tief in seinem Innern berührt und lange vermisste Gefühle geweckt hatte. Sie hatte ihm während ihrer zahllosen hitzigen Diskussionen, seit sie sich kennengelernt hatten, die Stirn geboten, hatte sexuell alle Hemmungen verloren, und nun war sie tatsächlich verlegen. Diese sexy und doch verletzbare Frau hörte nie auf, ihn zu überraschen.

»Das hast du mehr als gutgemacht – vor allem heute Morgen.« Sie nahm einen großen Schluck von ihrem Sodawasser und griff nach ein paar Kartoffelchips. »Sicher erinnerst du dich daran, dass es zu einem fairen Spiel gehört, dass auch der andere mal an der Reihe ist. Es ist jetzt an der Zeit, dass du in den sauren Apfel beißt und mir ein paar *meiner* Fragen beantwortest.«

Er biss in sein zweites Sandwich und blickte in den blauen, wolkenlosen Himmel. Die ganze Zeit hatte er gewusst, dass diese Fragen kommen würden, hatte tief in seinem Innern geahnt, was sie wissen wollte. Und er hatte nicht vor, länger auszuweichen, wie er es in den vergangenen vier

Monaten getan hatte. Der Zeitpunkt war gekommen, um offen über alles zu reden, die schlimmen Erinnerungen herauszulassen und dann ganz neu anzufangen.

»Betrachte mich als offenes Buch, Süße«, sagte er mit einem einnehmenden Lächeln. Nachdem er mit seinem Sandwich fertig war, schob er die leere Tüte und die benutzte Serviette zurück in seinen Rucksack. »Was willst du wissen?«

Ihr Blick glitt von der vernarbten Haut auf seinem nackten Bauch in sein Gesicht. »Diese Narben … wie ist das passiert?«

Er dachte nur selten an den Skiunfall zurück, bei dem er fast gestorben wäre und der ihm klargemacht hatte, dass nicht viele Frauen seinen Drang nach Nervenkitzel und extremen Abenteuern verstanden oder akzeptierten. »Es passierte vor vier Jahren. Ich, ein paar Freunde und unsere Freundinnen fuhren im Winterurlaub nach Jackson Hole. Und während die Frauen zum Shoppen gingen, haben wir vier Männer uns fürs Heli-Skiing entschieden.«

Er bemerkte ihr Stirnrunzeln und erklärte: »Beim Heli-Skiing bringt ein Helikopter dich auf einen Berggipfel in einer entlegenen Gegend, wo der

Schnee noch jungfräulich ist und noch niemand vorher war. Mit einem Guide zusammen wirst du auf dem Berg abgesetzt. Und dann geht es los: eineinhalb Kilometer steil bergab – der pure Adrenalinkick.«

Erschrocken riss sie die Augen auf. »Das ist absolut *wahnsinnig!*«

»Darum geht es ja bei Extremsportarten«, entgegnete er lachend. Schon immer hatte er die Herausforderung geliebt und die Risiken, die damit verbunden waren und die jedes Abenteuer noch aufregender machten. »Ich habe schon vorher Heli-Skiing gemacht, und es gibt nichts Besseres als den frischen Pulverschnee, die steilen Hänge und die Geschwindigkeit, um deinen Puls hochzujagen und das Blut in deinen Adern zum Kochen zu bringen. Natürlich kann es verdammt gefährlich sein, über die steilen Grate, die Eisfelder und durch die Senken zu fahren, wenn man kein geübter Skifahrer ist.«

Unglücklicherweise hatten ihn an dem schicksalhaften Tag weder seine Erfahrung noch sein Können oder seine normalerweise guten Reflexe retten können. »Alles lief großartig, bis ich zu nahe an eine Felskante fuhr. Ich trat einen

Felsbrocken los und wurde mitgerissen. Ich fiel über die Kante, in eine Schlucht und schoss gute einhundertfünfzig Meter den Abhang hinunter, während die rasiermesserscharfen Felsen mich aufschlitzten und schwer verletzten.«
Sie hielt die Luft an und presste die Hand auf ihr Herz. »Oh, mein Gott, Adrian …«
Er wusste, welche furchtbaren Bilder seine Worte in ihr heraufbeschworen haben mussten, aber es gab keinen anderen Weg, um die Wahrheit zu erzählen. Also blickte er ihr in die Augen, in denen ihre Besorgnis stand, und beendete seine Geschichte. »Leider gibt es bei diesem riskanten Ritt keine Bremse«, sagte er trocken. »Du musst einfach nur durchhalten, bis zum Schluss. Als ich am Fuße des Berges wieder ausgespuckt wurde, hatte ich eine Gehirnerschütterung, vier gebrochene Rippen und drei tiefe Schnitte von den scharfkantigen Felsen, die sich durch meine Jacke und meine Kleider gebohrt hatten. Daher stammen die Narben auf meinem Rücken und meinem Bauch.«
Fassungslos schüttelte sie den Kopf, und ihr seidiges Haar umspielte dabei ihre Wangen. »Du hast Glück gehabt, dass du diesen Sturz überlebt hast.«

»Einen Helm zu tragen hat mir das Leben gerettet – da bin ich mir sicher. Ohne den Helm hätte ich bestimmt noch schlimmere Verletzungen davongetragen als ›nur‹ eine Gehirnerschütterung.«
Er ging nicht näher darauf ein, aber angesichts ihrer erschrockenen Miene war ihm klar, dass sie sich ihre eigenen Vorstellungen über einen blutigen Ausgang seines Unfalls gemacht hatte. »Außerdem war es gut, dass der Helikopter gleich vor Ort war, um mich vom Berg zu holen und in das nächste Krankenhaus zu transportieren. Meine damalige Freundin Felice war die erste Person, die ich nach dem Aufwachen sah.«
Chayse atmete tief durch. »Sie muss krank vor Sorge gewesen sein.«
»Ja, das war sie.« Er zog seine Knie an, überkreuzte die Knöchel und legte seine Arme locker um die Beine. »Der Unfall hat jeden ziemlich schockiert – mich eingeschlossen. Aber in dem Moment, als ich die Augen aufschlug, war ich nicht darauf vorbereitet, mir Gedanken über ein Ultimatum machen zu müssen. Ich erinnere mich daran, dass ich versucht habe, Felice anzulächeln, was wirklich schmerzhaft war. Und das Erste, was sie zu mir gesagt hat, war, dass ich mich zwischen

ihr und dem Extremsport sowie meinem Geschäft entscheiden müsse. Sie würde nicht länger dabei zusehen, wie ich mein Leben aufs Spiel setze. Natürlich ist sie dann allein nach Hause geflogen, noch bevor ich aus dem Krankenhaus entlassen worden bin.«

»Das wäre ja so, als würde mich jemand zwingen, das Fotografieren aufzugeben. Ich könnte das niemals tun!« Ihr Ton klang entschlossen, und das Feuer, das in ihren veilchenblauen Augen funkelte, unterstrich das noch – und das alles wegen ihm und seiner Geschichte. »Du hast die richtige Entscheidung getroffen.«

Er hätte wissen müssen, dass Chayse ihn verstand, und er war erleichtert, dass sie sich auf seine Seite geschlagen hatte und ihn verteidigte. »Ohne Zweifel.« Damals war es nicht leicht gewesen zuzusehen, wie Felice aus seinem Leben verschwand, als er sie am meisten gebraucht hätte. Doch am Ende hatte sie ihm einen Gefallen damit getan, die Beziehung zu beenden – später hätte er ihr die ständigen Forderungen, etwas aufzugeben, das einen großen Teil seines Lebens ausmachte, übelgenommen.

Chayse streckte den Arm aus und fuhr mit den

Fingerspitzen über die beiden langen Narben auf seinem Rücken. Ihre sachte, vertraute Berührung war wie Balsam für seine Seele. »Diese Narben … sie prägen dich und deine Persönlichkeit, Adrian. Sie sind ein Teil von dir und von dem, was du machst, und das werden sie immer bleiben.«

Sie verstand ihn so gut, und ihre Toleranz und ihr Einfühlungsvermögen waren ihm wichtiger, als ihm bewusst gewesen war.

Seit seinem Unfall war es ihm egal gewesen, was eine Frau über seine Narben dachte oder über seine Outdoor-Event-Agentur, mit der er seinen Lebensunterhalt verdiente. Und es war eine schockierende Erkenntnis für ihn, dass Chayses Meinung ihm so wichtig war. Plötzlich wurde ihm klar, dass auch das ein Grund dafür gewesen war, warum er sie vier lange Monate gemieden hatte: Im Unterbewusstsein hatte er schon erkannt, was sein Herz zunächst nicht hatte sehen und akzeptieren wollen – dass diese Frau, die ihn ständig herausgefordert, die ihn verfolgt hatte, obwohl er sie immer wieder abgewiesen hatte, und die sich ihm so offen und großherzig hingab, wenn sie sich liebten, möglicherweise die Richtige für ihn war.

Seit Jahren hatte er sich nicht mehr so leicht und frei gefühlt, und Chayse war der Grund dafür. Er blickte sie an, sah in ihre sanften veilchenblauen Augen und wollte ihr all das erzählen, was er gerade für sich selbst herausgefunden hatte, und ihr sagen, dass er sich nichts sehnlicher wünschte, als ein Teil ihres Lebens zu werden. Doch er war sich ziemlich sicher, dass sie noch nicht bereit war, etwas derart Bedeutendes zu hören, etwas, das ihr Leben komplett verändern würde. Wenn er an diesem Wochenende etwas über Chayse gelernt hatte, dann war es, dass sie ihre persönlichen Probleme hatte, die sie bewältigen, und ihre eigene Vergangenheit, mit der sie klarkommen musste. Und dass sie nach außen hin zwar eine entschlossene und leidenschaftliche Frau war, aber tief in ihrem Innern ein Mensch, der verletzlich und so zerbrechlich wie feinstes Kristallglas war. Und er musste sie dementsprechend behutsam behandeln.
Als sie sich zu ihm herüberbeugte und mit ihren Lippen über seine Schulter und die Narben strich, ihn erregte und durcheinanderbrachte, dachte er bei sich, dass er noch den Rest dieser Nacht und den morgigen Tag haben würde, um ihr zu hel-

fen, ihre Probleme zu durchdenken, und ihr seine Absichten deutlich zu machen.
»Ich habe plötzlich Heißhunger auf mein Dessert, und ich will es gleich hier draußen im Freien genießen«, verkündete er. Er vergrub seine Finger in ihrem Haar, zog sie an sich und küsste sie – lange und bedächtig und tief.
Zwischen ihren genießerischen Küssen zogen sie einander aus, bis sie beide nackt waren und die Sonne warm auf ihre Haut schien. Er sank mit ihr auf die weiche Decke, fuhr fort, jeden Zentimeter ihres Körpers auszukosten, und ließ sich Zeit dabei. Mit der Zunge strich er über ihren geheimsten Punkt, trank von ihrem honigsüßen Nektar, berührte und streichelte sie an den Stellen, von denen er wusste, dass sie es liebte, bis sie atemlos erzitterte und ihn anflehte, ihren bittersüßen Qualen ein Ende zu bereiten.
Erst dann drang er in ihren zarten, verlockenden Körper ein, und sie bog sich ihm entgegen, um ihn ganz in sich aufzunehmen. Sie öffnete sich ihm, hielt nichts zurück, und das ließ ihn darauf hoffen, auch die letzten Schutzmauern in ihr einreißen zu können. Er schwelgte in ihrer hemmungslosen Leidenschaft und genoss es, wie sie

ihre Beine um ihn schloss und ihn wortlos dazu drängte, noch stärker, noch härter in sie zu stoßen und sie auf den Gipfel zu führen.
Mit einem leisen Aufstöhnen kam sie schließlich, und erst dann erlaubte Adrian sich, seinen Höhepunkt zu erleben und sich in all dem zu verlieren, was Chayse Douglas war.

Chayse zog die Beine auf dem Sofa an und beobachtete, wie Adrian ein paar Holzscheite in den Kamin legte und mit Hilfe des Schürhakens das Feuer wieder entfachte. Ein Lächeln huschte über ihr Gesicht, als sie das Spiel seiner Muskeln auf seinem nackten Rücken betrachtete und sah, wie tief seine Jogginghose auf seinen schmalen Hüften saß. Es juckte sie in den Fingern, ihre Kamera zu holen und diese sexy Pose für ihre persönliche Sammlung spontaner Aufnahmen von Adrian auf Film zu bannen, aber es gelang ihr – gerade noch so –, diesem Drang zu widerstehen.
Sie unterdrückte ein schläfriges Gähnen, und obwohl es beinahe Mitternacht war, wollte sie noch nicht, dass dieser Tag zu Ende ging. Genauso wenig wollte sie, dass das lustige, entspannte Wochenende mit Adrian zu Ende ging, doch sie

wusste, dass es so unausweichlich war wie der Sonnenaufgang am Morgen.
Dieser Nachmittag und ihre Unterhaltung über seine Narben hatten in ihr Gefühle geweckt, die sie nicht erwartet hatte. Sie hatte es so gemeint, als sie gesagt hatte, sie würde seine Liebe für seinen Job und die Lust an dem Nervenkitzel beim Extremsport verstehen. Doch ihre eigene emotionale Reaktion auf seine Geschichte hatte ihr deutlich ihre Angst davor gezeigt, Adrian zu nahe zu kommen. Ihre Angst davor, dass sie dann eben nicht mehr gleichgültig zusehen könnte und dass es sie treffen würde, wenn er sie verließ – wie schon all die anderen Menschen, denen sie ihr Herz geöffnet hatte. Und das zu wissen, hatte sie erschreckt und in ihrer Entscheidung noch einmal bestärkt, am nächsten Tag einen klaren Schlussstrich zu ziehen.
Für ihren Geschmack war der Nachmittag des heutigen Tages viel zu schnell vergangen, doch von den Erinnerungen, die in ihrem Kopf tanzten, würde sie noch lange zehren. Sie waren von ihrer Fotosession zurückgekehrt, nachdem sie sich auf der Lichtung nicht nur ein-, sondern zweimal geliebt hatten, und hatten anschließend zusam-

men eine lange, heiße Dusche genommen. Dann hatten sie eine Decke um sich geschlungen, sie hatte sich eng an ihn gekuschelt, und sie hatten gemeinsam ein Nickerchen in der Hängematte gemacht. Zum Abendessen hatte er Spaghetti und Knoblauchbrot gemacht und sie danach noch mit *Chocolate-Fudge-Brownie*-Eiskrem gefüttert. Sie hatten ein paar Runden Karten gespielt, heißen Kakao mit Marshmallows getrunken und über Filme, Bücher und andere Lieblingsbeschäftigungen geredet. Und dann hatte er sie mit lustigen Geschichten über seine Brüder, Cousins und seine große glückliche Familie unterhalten. Damit hatte er sie zum Lachen gebracht, aber es hatte sie gleichzeitig auch daran erinnert, dass sie ihm im Gegenzug keine fröhlichen Geschichten zu erzählen hatte.

Nein, ihre eigene Kindheit war zu schmerzvoll und zu haltlos gewesen, und es gab nicht viele glückliche Momente, an die sie sich erinnern konnte. Ihre Kindheit war geprägt gewesen vom Tod ihres Bruders, vom emotionalen Rückzug ihrer Mutter und deren Depressionen und von einem Vater, der nicht für sie da gewesen war, als sie ihn am meisten gebraucht hätte. Sie war gezwungen gewesen, schneller erwachsen zu werden, als es für einen Teenager gut war, und sie hatte gelernt, sich vor noch mehr Schmerz und Verlust zu schützen, indem sie die Menschen – und vor allem die Männer – auf Distanz gehalten hatte. Und bisher hatten die Mauern, die sie um sich errichtet hatte, ihr gute Dienste erwiesen und ihr Herz bewacht.

Sie beneidete Adrian um seine so eng verbundene Familie, die Stabilität, die bedingungslose Liebe und die Unterstützung, mit denen er aufgewachsen war. Das war etwas, wovon sie immer geträumt, was sie sich immer gewünscht hatte. Aber ihre Vergangenheit ließ sich nicht mehr ändern, und sie hatte es akzeptiert. Sie hatte das Beste aus dem Blatt gemacht, das ihr vom Leben ausgeteilt worden war, und sie war stolz auf das, was sie erreicht hatte. Sie arbeitete als Fotografin und war gut im Geschäft, sie hatte ihre beste Freundin Faith, und die Kids im Kinderkrankenhaus, in dem sie sich engagierte, waren zu einem Teil ihres Lebens geworden.

Und jetzt gab es Adrian, einen Mann, der mühelos die Leere in ihr mit Lachen und Spaß und einem unglaublichen, überschäumenden Gefühl füllen konnte.

»Hey, bist du fertig fürs Bett?«
Aus ihren Gedanken gerissen, sah sie zu Adrian hinüber, der sie fürsorglich anblickte. Sie wusste, wie leicht es wäre, sich selbst in den unendlich blauen Tiefen seiner Augen zu verlieren und ihre schmerzvolle Vergangenheit einfach zu vergessen und nicht mehr darüber zu reden. Aber jetzt noch nicht, dachte sie. Dieser Mann hatte sie an seinem Leben teilhaben lassen und hatte ihr durch die lustigen, ermutigenden Geschichten seine Familie vorgestellt und ihr einen Einblick gegeben, wie er als Mann, als Bruder und als Sohn war. Und auch wenn sie keine witzigen Geschichten über ihre Kindheit hatte, mit denen sie ihn unterhalten konnte, gab es doch noch ein Geheimnis in ihrem Leben, das sie gern im Gegenzug mit Adrian teilen wollte. Einen Teil von sich, von dem sie keinem Mann zuvor erzählt und den sie noch niemandem gezeigt hatte.
»Ich möchte dir etwas zeigen«, sagte sie. Und bevor sie der Mut verließ, erhob sie sich von der Couch und holte ein kleines Fotoalbum aus ihrem Rucksack. Sie setzte sich zu Adrian auf die Matratze, kreuzte die Beine und schlug die Mappe auf.

Behutsam breitete sie ein paar Dutzend unterschiedlicher Schnappschüsse vor ihm aus, auf denen Menschen aller Altersstufen, jeden Geschlechts und verschiedenster Herkunft zu sehen waren. Die meisten Bilder waren heimlich aufgenommen worden oder mit einem Teleobjektiv entstanden, damit Chayse ihrem Hobby diskret nachgehen konnte und den fremden Menschen nicht zu nahe trat. Es gab Fotos von Menschen im Lincoln Park, von anderen am Navy Pier, und viele Aufnahmen hatte sie einfach gemacht, wenn sie samstags durch die Innenstadt geschlendert war. Fast nie verließ sie das Haus ohne ihre Kamera, und sie hatte gelernt, dass alles im richtigen Moment zum reizvollen Fotomotiv werden konnte.

»Hast du diese Fotos für Kunden gemacht?«, fragte er neugierig.

»Nein, das sind Aufnahmen für meine persönliche Sammlung.« Er wirkte verwirrt und fragte sich offensichtlich, warum sie Bilder von praktisch Fremden machte, also erklärte sie es ihm. »Als ich in der Highschool angefangen habe, Fotokurse zu belegen, verbrachte ich meine Nachmittage damit zu üben, indem ich alles fotogra-

fiert habe, was mir vor die Linse kam. Aber am meisten haben mich immer Menschen fasziniert, weil die Aufnahmen von ihnen so viele Emotionen transportieren. Heimlich Fotos zu schießen ist zu meinem Hobby geworden, zu einem Weg, meiner Welt zu entfliehen und mir Gedanken über das Leben der anderen zu machen.«
Adrian nahm eines der Fotos in die Hand, das sie eines Morgens bei einem Baseballspiel zweier Kindermannschaften gemacht hatte, an dem sie zufällig vorbeigekommen war. »Was ist mit diesem kleinen Kerl? Kennst du ihn?«
»Nein. Ein weiteres Resultat meines spontanen ›Auslöse-Fingers‹, fürchte ich«, erwiderte sie schmunzelnd. »Eines Samstagmorgens war ich unterwegs und kam an einem Baseballfeld vorbei, wo gerade dieses Spiel stattfand. Ich hielt an, um den Kindern zuzusehen. Dieser Junge stand als Nächster auf dem Schlagmal. Es war gegen Ende des letzten Innings, und alle Bases waren besetzt. Der Kleine war nach zwei aufeinanderfolgenden Schlagfehlern vollkommen entmutigt, und es war ihm anzusehen, dass er seine Teamkameraden nicht enttäuschen wollte, indem er den letzten Ball auch noch verschlug und sie

das Spiel verloren. Wie auch immer es ausgehen mochte – ich wollte dieses Bild unbedingt für meine Sammlung.«

Sie lächelte, als sie sich daran erinnerte, wie die Miene und die Haltung des Jungen sich mit einem Mal verändert hatten, wie entschlossen er plötzlich gewirkt hatte und welche Szene sie schließlich auf Film festgehalten hatte. »Beim nächsten Wurf traf er den Ball perfekt – er flog weit, bis über den Zaun. Und da stand der Junge, noch immer auf dem Schlagmal, den Schläger in der Hand, die Augen weit aufgerissen, erstaunt und ungläubig, und sah zu, wie der Ball durch die Luft flog. Die Zuschauer hinter ihm waren aufgesprungen und jubelten, und im Bruchteil einer Sekunde war er zum Helden geworden, der das Spiel gerettet hatte.« Sie warf Adrian einen Blick von der Seite zu, um seine Reaktion abzuschätzen. »Es ist eines der schönsten Bilder, die ich je gemacht habe.«

»Das ist wirklich ziemlich beeindruckend.« Er erwiderte ihren Blick, und in seinen Augen spiegelte sich das Kaminfeuer, das sie tiefblau schimmern ließ. »Ich habe das Gefühl, die Aufregung dieses Jungen *spüren* zu können.«

»Genau.« Dadurch ermutigt, dass ein Foto, das *sie* gemacht hatte, ihn so tief berührte, suchte sie ein weiteres Bild heraus, das sie ihm zeigen wollte. »Eines Tages war ich im Einkaufszentrum und lief die Galerie entlang, als ich zufällig nach unten blickte und diese Mutter und ihre Tochter sah, die vor einem Schmuckgeschäft standen. Wie du siehst, zeigt die Tochter ihrer Mutter gerade ihr neues Bauchnabelpiercing und versucht, sie davon zu überzeugen, dass das im Moment ›in‹ ist. Aber ihre Mutter ist alles andere als begeistert.«
Adrian lachte leise. »O Junge, ihre Mutter hat den typischen ›Warte-bis-dein-Vater-das-sieht‹-Blick drauf.«
Fragend hob Chayse die Augenbrauen. »Und woher kennst du diesen Blick?«
»Weil es ein Blick ist, den alle Mütter dieser Welt draufhaben – meine eingeschlossen«, sagte er und zuckte die Achseln, woraufhin das Kaminfeuer auf den Muskeln seines Rückens und seiner Arme ein faszinierendes Licht-und-Schatten-Spiel erzeugte. »Jedes Mal, wenn meine Mutter einem von uns Jungs ›diesen Blick‹ zuwarf, wussten wir, dass wir in *großen* Schwierigkeiten steckten, wenn Dad nach Hause kam.«

Sie durchstöberte die Fotos und wünschte sich, ihre Mutter hätte sich genug um sie gesorgt, um wenigstens einen Moment ihre Depressionen zu vergessen und Interesse zu zeigen an dem, was ihre Tochter tat. Egal, ob nun im positiven oder negativen Sinne – Hauptsache irgendeine Reaktion. Zum Glück hatte die Fotografie Chayse davon abgehalten, die Kontrolle über sich und ihr Leben zu verlieren und gegen alles und jeden zu rebellieren. Obwohl sie weiß Gott Grund dazu gehabt hätte.

Während das Feuer warm im Kamin prasselte und Adrian sich interessiert die Fotos anschaute, fuhr Chayse fort, ihn mit den Geschichten zu unterhalten, die sie in den Bildern las. Zu einigen der Schnappschüsse erzählte er ihr sogar seine eigenen Beobachtungen, die den ihren meistens glichen. Als sie ein Foto in die Hand nahm, das sie von einem Obdachlosen gemacht hatte, wurde ihr bei der Erinnerung an den Tag das Herz schwer.

»Das ist Frank«, sagte sie und zeigte Adrian die Aufnahme von einem Mann, der in alten, zerlumpten Kleidern auf einer Parkbank saß. Seine Hände waren knorrig und dreckig, sein Gesicht unrasiert, und er hielt ein altes Pappschild fest, auf dem zu lesen war: *Arbeite für Essen.* »Ich blickte ihm in die traurigen Augen und wusste, dass er ein langes, hartes Leben gelebt hatte. Ich kaufte ihm einen Hotdog und ein Sodawasser von einem Verkäufer im Park und setzte mich zu ihm, um mich mit ihm zu unterhalten. Obwohl er so bärbeißig und gammelig aussah, war er ein netter Mann, und als ich ihn fragte, ob er Familie hätte, erzählte er mir, dass er seine Frau und seine beiden Kinder dreiundzwanzig Jahre zuvor bei einem Verkehrsunfall verloren hatte. Er war damals der einzige Überlebende des Unfalls gewesen. Es war nicht schwer zu erkennen, dass dieses Ereignis ihn aus der Bahn geworfen hatte – so sehr, dass ihm alles egal geworden war. Auch sein eigenes Leben.«

Behutsam strich sie mit dem Daumen über eine Ecke des Fotos. Sie konnte den Schmerz und das Leid des Mannes tief in ihrem Innern spüren. »Ich habe ihn gefragt, ob ich ihn fotografieren dürfe, und er hat es mir erlaubt. Er hat sogar für mich gelächelt«, sagte sie und deutete auf das schiefe Grinsen des Mannes, das den Blick auf eine Zahnlücke freigab.

Adrian blickte vom Foto auf und sah Chayse an. »Ich wette, du warst für diesen Mann der Lichtblick des Tages.«
»Die Vorstellung gefällt mir. Bevor ich ging, steckte ich ihm noch zwanzig Dollar zu, damit er sich noch etwas zu essen kaufen konnte. Aber er hat mir so viel mehr gegeben …« Sie hatte einen Kloß im Hals, als sie an die unvergessliche Begegnung mit Frank zurückdachte. »Dieses Bild erzählt so viele Geschichten, und jedes Mal, wenn ich es mir ansehe, ist es eine andere. Verrückt, oder?«
Vorsichtig schob Adrian ihr ein paar widerspenstige Locken hinters Ohr. Sein Blick war so voller Zärtlichkeit und Verständnis, als hätte er eine ganz besondere Verbindung zu dem einsamen, verletzlichen Mädchen in Chayse, das Trost in den Bildern anderer Menschen suchte. »Nein, ich finde das ganz und gar nicht verrückt.«
Ihr Atem stockte, ihr Puls geriet ins Stolpern, und ihr Herz schnürte sich zusammen. Ihr Herz, das sich nach all den Dingen sehnte, ohne die sie aufgewachsen war und von denen sie behauptet, ja geschworen hatte, sie nicht zu brauchen. Aber Adrian weckte die Hoffnung in ihr, dass es für sie möglich war, diese Dinge ebenfalls zu erleben.

Doch schon erhoben ihre alten Ängste und Unsicherheiten wieder ihre hässlichen Häupter, und sie senkte den Blick und fing an, die Fotos einzusammeln, um sie wieder in ihre Mappe zu legen. »Die meisten Menschen lesen Bücher. Ich lese Bilder«, fuhr sie fort. »Und die Fotos, die ich draußen auf der Straße mache, sind mein eigenes Märchenbuch.«

»Das gefällt mir«, murmelte er ruhiger, als sie sich fühlte.

Sie wusste, dass sie zu viel redete – aber irgendwie musste sie das Gespräch am Laufen halten. »Oft mache ich Fotos von Menschen und habe das Gefühl, durch ein Fenster in ihre Seele zu blicken.« Sie hatte die Bilder wieder einsortiert und legte die Mappe auf die Couch. Ansehen konnte sie Adrian jedoch noch immer nicht.

Aber sie hätte wissen müssen, dass er sie so leicht nicht davonkommen ließ. Seine Finger schlossen sich sanft um ihren Arm, und er zog sie behutsam zu sich auf die Luftmatratze, legte sich zu ihr und schmiegte sich von der Seite an sie, während sein Schenkel schwer zwischen ihren Beinen ruhte.

Er sah ihr tief in die Augen, wissend und entschlossen. »Manchmal braucht man keinen Fotoapparat, um anderen Menschen in die Seele blicken zu können«, sagte er, berührte mit seiner starken, warmen Hand ihre Wange und zwang sie, sich der emotionalen Verbindung zwischen ihnen zu stellen, die ihr wahnsinnige Angst einjagte. »Ich schau dir in die Augen und sehe dort ein kleines Mädchen, das seit zu vielen Jahren eine seelische Last mit sich herumträgt, und eine Frau, die nicht riskieren will, sich einer eigentlich sicheren Sache zu öffnen. Ich sehe eine Frau, die sich hinter ihrer Kamera versteckt, während sie versucht, die tiefsten Geheimnisse der anderen zu ergründen.«

Verzweifelt schüttelte sie den Kopf und versuchte, die schmerzvolle Wahrheit zu verleugnen, die er so leicht erkannt hatte. Sie hatte ihn zu nahe an sich herangelassen und Dinge mit ihm geteilt, die sie besser für sich behalten hätte. »Adrian …«

Er legte ihr einen Finger auf die Lippen und brachte sie zum Schweigen. »Du musst vor mir nichts verbergen, Chayse. Niemals. Ich werde immer für dich da sein.«

Es war ihr unmöglich, diesen Worten einfach zu vertrauen, obwohl ihr Herz sich so sehr danach

sehnte, Adrian zu glauben – zu glauben, dass er ein ehrenwerter Mann war, und zu glauben, dass er seine Versprechen hielt. Tränen schimmerten in ihren Augen und schnürten ihr die Kehle zu. Sie wollte nicht, dass er ihre Schwäche, ihre größten Ängste sah, und so vergrub sie ihre Finger in seinen Haaren und küsste ihn.
Sie küsste ihn tief, begierig, *verzweifelt*, suchte nach unbekümmertem Spaß, um ihre Zweifel und ihre Unsicherheit zu verjagen. Sie ließ ihre Hand seinen Bauch hinuntergleiten, umfasste ihn und streichelte ihn durch den Stoff seiner Jogginghose. Schnell spürte sie, wie er unter ihrer Berührung wuchs und hart wurde. Und sie wollte ihn, wollte mit ihm schlafen. In diesem Moment brauchte sie ihn, auch wenn sie nicht in Worte fassen konnte, was es genau war, wonach sie sich eigentlich sehnte. Körperliches Verlangen war ohne Zweifel da. Aber es war das emotionale Chaos in ihrem Innern, das ihr Angst machte, die Kontrolle über ihr so sorgsam geschütztes Leben zu verlieren, und das sie vertreiben musste.
Er hielt sie an der Taille fest, bevor sie auf ihn steigen konnte, und schob sie wieder neben sich. Enttäuscht stöhnte sie auf. Adrian verlangsamte

bewusst ihren Kuss und beruhigte sie eher, als dass er sie erregte, als er sanft mit seinen Lippen über ihren zarten, weichen Mund strich. Er ergriff ihr Handgelenk, legte ihre Hand über sein heftig schlagendes Herz und hielt sie dort fest.
Er beendete den Kuss und berührte mit seiner Nase sachte ihre Wange. Sie spürte seine Erektion, die sich gegen ihre Hüfte drängte, doch es war klar, dass er nicht vorhatte, mit ihr zu schlafen. »Ich möchte dich einfach nur festhalten, Chayse«, flüsterte er ihr ins Ohr.
Beinahe wäre sie in diesem Moment emotional zusammengebrochen. Doch nach all den Jahren, in denen sie Stärke bewiesen und sich zusammengerissen hatte, war sie es gewohnt, ihre Gefühle unter Verschluss zu halten. Diese Mechanismen setzten nun ein, und es gelang ihr, die Tränen zurückzudrängen.
Dennoch konnte sie seine zärtlichen Worte nicht einfach ignorieren. Er wollte sie festhalten. Wann hatte sie zuletzt jemand nur halten wollen, ohne es auf mehr abgesehen zu haben? Und woher wusste dieser umwerfende Mann, nach was genau sie sich sehnte? Und das dann, wenn sie es am meisten brauchte?

Sie war es leid, so zu tun, als könnte sie sich der Welt allein stellen. Und endlich ließ sie sich gegen Adrian sinken, schmiegte ihre Wange an seine Brust und nahm den Trost und die Liebe in sich auf, die er ihr so großzügig anbot.
Sie schloss die Augen, und als er sie in seinen Armen hielt und sie es geschehen ließ und sich ihm hingab, wusste sie, dass es an diesem Wochenende nicht mehr nur um Sex ging. Für keinen von ihnen.

5. Kapitel

Chayse schlief so gut wie schon lange nicht mehr. Am nächsten Morgen wurde sie durch das vertraute klickende Geräusch der Kamera geweckt. Da sie sich sicher war, nicht zu träumen, schlug sie die Augen auf und erblickte Adrian, der neben der Matratze stand, die Kamera in der Hand hielt und das Objektiv auf sie richtete.

Klick, klick, klick.

Sie runzelte die Stirn und konnte nicht glauben, dass Adrian sie einfach so fotografiert hatte. Das hatte noch nie jemand zuvor getan. Und das nach ihrem Gespräch vom vergangenen Abend.

»Was machst du da?«, fragte sie argwöhnisch.

Er warf ihr ein Lächeln zu, das gegen seinen dunklen Bartschatten frech und sexy wirkte. »Ich rechne mit dir ab.«

»Oh … nein!« Sie hob die Hand, um ihn abzuwehren, doch er schien wild entschlossen zu sein und machte weiter Fotos. »Adrian, ich sehe aus wie ein Wrack!« Und auf keinen Fall wollte sie ein Teil ihrer eigenen persönlichen Sammlung werden.

Er ließ die Kamera ein Stückchen sinken und blickte sie mit seinen dunkelblauen Augen an. Vielsagend hob er die Brauen. »Aber wie ein wunderschönes, umwerfendes, sexy Wrack.«
Sein etwas unpassendes Kompliment machte sie verlegen. Sie verdrehte die Augen. »Das kannst du nicht ernst meinen. Mein Haar sieht sicher grauenvoll aus«, jammerte sie und wusste, dass ihre Haare in alle Richtungen abstanden.
Unbeirrt hob er wieder die Kamera, stellte sie scharf und machte noch ein Foto. »Die korrekte Formulierung für ›grauenvoll‹ ist in diesem Fall ›zerzaust‹«, informierte er sie. Seine tiefe Stimme klang belustigt. »Und ›zerzaust‹ ist *sehr* sexy.«
Sie lachte über seinen Versuch, witzig zu sein, und zwang sich, ruhiger zu werden. Sich nicht von ihrer eigenen Kamera bedroht zu fühlen. »Ich bin ein Morgenmuffel – vor allem, wenn ich aufwache und mich jemand fotografiert.« Um ihren Worten Nachdruck zu verleihen, streckte sie ihm die Zunge raus.
Adrian bannte ihre bockige Reaktion und ihren Schmollmund auf Film. »Mit einem Morgenmuffel komme ich schon klar«, versicherte er und kniete sich auf die Matratze, um eine Nahauf-

nahme von ihr zu machen. »Tatsächlich kenne ich ein todsicheres Rezept, wie man die schlechte Laune am Morgen ziemlich schnell vertreiben kann.«

Ihr wurde bei seinen verführerischen Anspielungen heiß. In der vergangenen Nacht hatten sie nicht miteinander geschlafen, nur eng umschlungen beieinandergelegen. Und plötzlich sehnte sie sich danach, ihn ein letztes Mal zu lieben, bevor sie wieder in die Stadt zurückkehrte. Bevor sie Adrian zurückließ – was die richtige Entscheidung war, denn er konnte ganz sicher keine emotional so zerrüttete Frau wie sie in seinem geordneten Leben gebrauchen.

Sie lächelte, um den Herzschmerz zu verstecken, der sich in ihr ausbreitete, und streckte sich, wobei ihr T-Shirt hochrutschte, den Blick auf ihren Bauch freigab und sich über ihren Brüsten spannte. »Erzählen Sie mir mehr darüber, Mr. Wilde.«

Er zögerte einen Moment lang und starrte auf ihre aufgerichteten Brustspitzen, bevor er sich von dem reizenden Anblick löste und sie unverhohlen begierig ansah. »Ich verspreche dir, mein therapeutisches Rezept gegen Morgenmuffeligkeit mit dir zu teilen, wenn du dich entgegenkommend zeigst. Verführe die Kamera und hab ein bisschen Spaß dabei.«

Wie oft hatte sie das zu Adrian gesagt? »Ich hätte nie gedacht, dass mich mal jemand mit meinen eigenen Waffen schlagen würde.« Obwohl die Kamera sie unsicher machte, weil sie wusste, welche Geheimnisse eine Fotografie aufdecken konnte, gab sie sich dem spielerischen, vertrauten Moment zwischen ihnen hin.

In ihrer Fantasie machte sie ein verführerisches Spiel daraus – mit dem Ziel, Adrian so aus der Fassung zu bringen, dass er irgendwann schlicht vergessen würde, sie zu fotografieren. Zuerst zog sie sich unter der dünnen Decke ihr T-Shirt aus und warf es zur Seite. Dann schlüpfte sie aus ihren Boxershorts und schließlich aus ihrem Höschen, das sie Adrian zuwarf. Ihr Slip landete auf seiner Schulter. Adrian nahm das Stückchen Stoff in die Hand. Mit einem verschmitzten Grinsen hob er das Höschen an seine Nase und atmete tief ein.

»Gott, du riechst so gut«, stöhnte er. Noch einmal sog er ihren Duft ein, bevor er den Slip auf den Boden fallen ließ und seine Aufmerksamkeit wieder der Kamera und ihr zuwandte. »Zeig mir etwas Haut, Süße.«

Sie ließ die Decke sinken, bis die Wölbung ihrer Brüste sichtbar wurde, und entblößte ihr Bein bis zur Hüfte. Mit einem erotischen Schlafzimmerblick lächelte sie ihn an und zeigte ihm eine sinnliche Marilyn-Monroe-Pose, in der sie sich – trotz ihres zerzausten Haares – unglaublich sexy fühlte. In kürzester Zeit hatte sie sich in Adrians heiseren Beifallsbekundungen und seinen Schmeicheleien verloren, während er jeden Moment ihrer Verführung auf Film festhielt, hatte Spaß und genoss die Tatsache, dass sie ihn anmachte.

Sie entschloss sich, die Verlockung noch ein bisschen zu steigern, und drehte sich auf den Bauch, so dass die Decke bis knapp über ihre Hüften herabrutschte. Ihr Po war noch immer bedeckt, aber nur spärlich. Sie winkelte die Knie an, damit ihre Schenkel unter der Decke gespreizt waren. Auf einen Arm gestützt, strich sie mit ihrer flachen Hand ihren Bauch entlang. Über die Schulter hinweg beobachtete sie Adrian. Ihr zerzaustes Haar fiel ihr ins Gesicht. Langsam glitt sie mit ihrer Hand tiefer, bis ihre Finger zwischen ihren Beinen lagen und sie ihre feuchte Erregung spürte.

Atemlos stöhnte sie auf, warf den Kopf in den Nacken und nahm das Klicken der Kamera nicht mehr wahr, als schließlich ihre Lust überhandnahm. Sie biss sich auf die Unterlippe, streichelte sich selbst – schneller und schneller – und vergrub ihre andere Hand im Kissen, als ein überwältigender Höhepunkt sich ankündigte.

Hinter sich hörte sie ein unterdrücktes Fluchen und hielt überrascht den Atem an, als ihr die Decke weggerissen wurde. Bevor sie wusste, wie ihr geschah, hatte Adrian sich von hinten auf sie gelegt – nackt, die Haut erhitzt, sein Körper hart. Sie spürte seine Erektion zwischen ihren gespreizten Beinen.

Chayse wollte ihre Hand wegziehen, damit er übernehmen konnte, aber das wollte er nicht. Er ergriff ihr Handgelenk und hielt sie fest. »Nein, hör nicht auf«, stieß er rauh hervor. »Führ mich in dich.«

Sie streichelte ihn, reizte ihn vorsichtig, machte ihn mit ihrer Feuchte vertraut, bevor sie behutsam zu führen begann. Als er aufreizend langsam ein Stück in sie drang, konnte sie ihn keuchen hören. Ungeduldig hob sie ihren Po an, begierig nach mehr, bis er schließlich tief in sie stieß und sie erfüllte.

Seine langsamen, kreisenden Bewegungen wurden allmählich abgelöst von tieferen, kräftigeren Stößen. Er schien sie besitzen und seine Ansprüche auf sie auf eine ganz ursprüngliche Art deutlich machen zu wollen. Er streckte einen Arm aus, um seine Finger mit ihren zu verschlingen, und schob seine andere Hand zwischen ihren Körper und die Matratze. Gierig umschloss er ihre Brust, drückte und streichelte den zarten Hügel und kniff ganz leicht in ihren Nippel, bevor er seine Hand tiefer, über ihren Bauch und bis zwischen ihre Beine gleiten ließ. Seine Finger berührten ihre Hand, mit der sie sich noch immer streichelte, und fielen mit ein, ihre heiße, feuchte Perle zu reizen, bis Chayse schließlich zusammenzuckte und sich wild gegen seine Hüften drängte.

»Komm für mich«, flüsterte er.

Sie spürte, wie seine Muskeln sich anspannten, spürte seinen warmen, keuchenden Atem in ihrem Nacken, spürte sein unrasiertes Kinn auf ihrer Haut.

»O Gott, Chayse, jetzt«, stöhnte er und rieb mit seinen Fingern über ihre Lustperle – so fest und rhythmisch wie seine wilden, ungezügelten Stöße.

Gemeinsam erreichten sie den Höhepunkt, kosteten das Gefühl aus, wie ihre Körper sich ineinander verschlangen, ihre Hüften sich gegeneinanderdrängten, Muskeln sich anspannten und eine unglaubliche Hitze sie verzehrte.
Eine ganze Weile später drehte Adrian sich auf die Seite, zog Chayse mit dem Rücken an sich und flüsterte ihr ins Ohr: »Hast du noch immer schlechte Laune?«
Sie lachte und konnte nicht einmal zum Spaß so tun, als wäre sie noch mürrisch. Sie fühlte sich satt und zufrieden. »Überhaupt nicht mehr. Was für ein verblüffendes Rezept gegen schlechte Laune«, murmelte sie. »Hast du jemals darüber nachgedacht, es zu vermarkten?«
»Das geht nicht«, erwiderte er und küsste sie zärtlich und lang auf den Hals. »Das Rezept ist ausschließlich für dich erfunden und auf dich abgestimmt worden, für niemanden sonst. Ab jetzt wirst du dich auf mich verlassen müssen.«
Es war klar, was er damit meinte: Er hatte vor, noch sehr lange mit ihr zusammen zu sein. Sie schluckte, drängte ihre Emotionen und ihre Unsicherheit zurück und fürchtete, dass es *kein* Rezept und *keine* wirksame Arznei gegen eine schwierige

Vergangenheit gab, die immer zwischen ihnen stehen würde.

Adrians Lunge brannte, und die Muskeln in seinen Beinen streckten und beugten sich unablässig, als er den steilen Pfad hinaufrannte, der sich hinter dem Ferienhaus den Berg hochschlängelte. Seit fast einer Stunde war er draußen und joggte ohne Pause, versuchte, durch die kühle Bergluft einen klaren Kopf zu bekommen, und nutzte die körperliche Anstrengung, um sich für das zu rüsten, was vor ihm und Chayse lag – eine Auseinandersetzung, bei der er seine Absichten klarstellen und sie dazu zwingen würde, endlich einzusehen und zu akzeptieren, dass mehr zwischen ihnen war als nur großartiger Sex.
Diese Pause, diese kurze Zeit der Einsamkeit und der eintönigen sportlichen Betätigung gab ihm außerdem die Möglichkeit nachzudenken, ohne dass Chayse ihn mit ihrem erotischen Körper und der ihr angeborenen Sinnlichkeit ablenkte, von der er nicht genug zu bekommen schien. Hier draußen, wo ihn nichts inspirierte als die Schönheit der Natur, gelang es ihm endlich, sich seiner eigenen Gefühle für Chayse klarzuwerden.

Er verliebte sich gerade in sie.
So einfach war es. Und er würde nicht gegen etwas ankämpfen, das sich in seinem Herzen und seiner Seele so absolut richtig anfühlte. Obwohl er zugeben musste, dass eine solch gewaltige und alles verändernde Erkenntnis zwar beglückend, aber gleichzeitig auch beängstigend war – vergleichbar vielleicht mit seinem ersten Fallschirmsprung, bei dem er festgestellt hatte, dass er den Rausch liebte, wenn er aus dem Flugzeug sprang und den freien Fall erlebte. Und so war auch Chayse für ihn – der pure Adrenalinkick für seinen Geist, sein Herz und seine Seele. Und er wollte diesen aufregenden, pulsbeschleunigenden Rausch jeden Tag erleben.
Leider musste er noch Chayses Widerstand überwinden – diese tief in ihrem Innern, in ihrer Seele verankerte Unsicherheit, die sie ihm an diesem Wochenende ein Stück weit offenbart hatte. Und außerdem diese schmerzliche Verletzbarkeit, die sie davon abhielt, irgendjemanden näher an sich heranzulassen, aus Angst, dass sie am Ende wieder allein zurückblieb.
Er hatte über Chayse gelernt, dass sie nach außen hin ganz Frau war – tough, sexy und ent-

schlossen. Aber innerlich war sie noch immer ein kleines Mädchen, das sich nach Liebe und Bestätigung sehnte, die es von seinen Eltern nie bekommen hatte.

Chayse suchte nach einem Ort, wohin sie gehörte. Nach einem Ort, an dem sie Stabilität fand, Sicherheit und bedingungslose Anerkennung. Nach einem Ort, an dem sie sich keine Sorgen mehr machen musste, dass die Menschen, denen sie vertraute und die sie liebte, ihr den Rücken zukehren könnten, wenn es schwierig wurde und sie sie am meisten brauchte.

Adrian wollte immer für Chayse da sein – als Freund, als Partner, als Geliebter. Und es war keine Verpflichtung, die er auf die leichte Schulter nehmen wollte. Jetzt musste er sie nur noch davon überzeugen, wie ernst es ihm war und dass er wollte, dass dieses kurze Wochenend-Techtelmechtel ein Leben lang dauerte.

Adrian lief schneller, weil er wieder bei ihr sein wollte. Wie ein Liebeskranker grinste er vor sich hin und wusste mit einem Mal, was seine beiden Brüder in ihren Frauen gefunden hatten. Als Eric und Steve den Schritt gewagt und ihm gestanden hatten, sich verliebt zu haben, hatte er es ihnen nicht leichtgemacht. Und er hatte geschworen, nicht zuzulassen, dass eine Frau ihm emotional jemals wieder so nahekam. Seine beiden Brüder hatten mit Nachdruck behauptet, dass es nur darum ging, die Richtige zu finden. Noch ganz genau konnte er sich daran erinnern, dass Eric zu ihm gesagt hatte, er solle lieber vorsichtig sein, denn die Liebe könne sich an ihn heranschleichen und ihm in den Hintern beißen, wenn er es am wenigsten erwarte.

Damals hatte er für Erics rührseligen Vergleich nur Hohn und Spott übriggehabt. Doch jetzt musste Adrian zugeben, dass er tatsächlich gebissen worden war, als er es am wenigsten erwartet hatte – und zwar heftig. Und seine beiden Brüder würden ihren Triumph voll auskosten, wenn sie davon erfahren würden. Aber diesen Preis zu zahlen war es auf jeden Fall wert.

Adrians Herz pochte ungeduldig, als er um die Biegung und auf die Zielgerade zum Ferienhaus kam, bis ihm auffiel, dass Chayses Auto nicht mehr neben seinem Jeep stand.

Sein Magen zog sich zusammen, als die Erkenntnis ihn mit voller Wucht traf. Er war zu spät gekommen, um Chayse zu sagen, was er für sie empfand, oder um sie zu überzeugen, ihm eine Chance zu geben. Sie war weg.

Oh Gott, was hatte sie getan?
Chayse presste die Hand auf ihre zitternden Lippen und starrte auf die Fotos vom Wochenende mit Adrian, die sie entwickelt hatte. Ausgebreitet lagen sie auf dem Kaffeetisch in ihrem Wohnzimmer. Fast sechs Stunden waren vergangen, seit sie das Ferienhaus verlassen hatte, als Adrian am Morgen joggen gewesen war. Seitdem hatte sie nichts mehr von ihm gehört. Nicht, dass sie von ihm erwartet hätte, sie zu suchen, nachdem sie sich klammheimlich davongeschlichen hatte.
Ihr plötzlicher Aufbruch, zusammen mit der knappen, unpersönlichen Nachricht, die sie auf dem Küchentisch hinterlassen hatte und in der sie sich bedankt hatte, dass er Teil ihres Kalender-Projektes war, waren ohne Zweifel wie ein Schlag ins Gesicht gewesen. Vor allem nachdem sie ein so intimes Wochenende miteinander verbracht hatten. Zu dem Zeitpunkt hatte sie sich noch eingeredet, dass sie ihnen damit eine unschöne Auseinandersetzung ersparte und dass ein klarer Schnitt leichter für sie beide war. Aber allein in

ihrer Wohnung, mit ihrem Gewissen als einziger Gesellschaft, begann sie, sich einzugestehen, dass ihr Abgang ziemlich feige gewesen war.

Ihre Kehle schnürte sich zusammen, als wieder Tränen in ihr aufstiegen, doch sie schluckte sie hinunter. Sie beugte sich vor und breitete ein paar Bilder von Adrian aus, auf denen er anziehender und umwerfender aussah, als es für einen Mann erlaubt sein sollte. Es gab eindrucksvolle Aufnahmen von ihm beim Holzhacken und noch mehr Fotos, die sie während ihrer Ausflüge in die Natur gemacht hatten. Auf den meisten Bildern hatte er kein Shirt an. Sein Brustkorb und seine Schultern waren atemberaubend breit und stark und es ganz bestimmt wert, dass »frau« bei ihrem Anblick ins Schwärmen geriet. Sie war stolz auf die Fotos. Und das, was man von den Narben sehen konnte, ließ Adrian nur noch wilder erscheinen – er wirkte wie der typische Abenteurer, der im Einklang mit der Natur lebte.

Er war extrem fotogen, es gab kein schlechtes Foto von ihm. Daher war es eine schwierige Aufgabe, nur vier Aufnahmen von ihm für den Kalender auszuwählen – die endgültigen Abzüge, die Adrian, wie sie ihm versprochen hatte, absegnen sollte. Was bedeutete, dass sie Kontakt zu ihm aufnehmen und ihm von Angesicht zu Angesicht gegenübertreten musste.

Sie schob die professionellen Bilder für den Kalender zur Seite und nahm die Bilder zur Hand, die sie heimlich von Adrian gemacht hatte, als er geschlafen hatte und dann langsam aufgewacht war. Ein Lächeln huschte über ihr Gesicht, als sie an diese spielerische Fotosession voll knisternder Erotik zurückdachte. Jetzt hatte sie ihr ganz persönliches Bilderbuch vor sich, und sie konnte nicht leugnen, was sie in Adrians Blick, in seinem Gesichtsausdruck sah: Es waren Liebe, sinnlicher Hunger und ein tiefes Gefühl, das ihr die Knie weich werden ließ. Eine Mischung aus Vertrauen und Fürsorge, an die zu glauben sie zu ängstlich gewesen war.

Dann gab es noch die Fotos, die Adrian am Morgen von ihr gemacht hatte und die ihre eigene interessante Geschichte erzählten. Zuerst hatte sie sich unwohl gefühlt, im Mittelpunkt seiner Aufmerksamkeit zu stehen, aber dann hatte er versucht, sie dazu zu bringen, sich zu öffnen und ihm zu vertrauen. Und genau das hatte sie nicht nur körperlich, sondern auch emotional getan,

wie ihr bewusst wurde, als sie die Bilder in die Hand nahm, auf denen sie mit der Kamera spielte und Adrian verführte.
Ihr Herz schlug so heftig, dass es beinahe weh tat. Trotz all ihrer Bemühungen, ihre Gefühle an diesem Wochenende unter Verschluss zu halten, hatte sie sich in Adrian verliebt. Und ein Blick in ihre Augen auf diesen Fotos verriet ihr alles, was sie wissen musste: Sie sah darin ihre tiefen Gefühle für ihn, und sie erkannte, dass sie ihm ein Stück von sich gegeben hatte, das ihm für immer gehören würde – nicht nur ihren Körper oder ihr Herz, sondern ihre Seele.
Sie rief sich seine Worte in Erinnerung, klar und ehrlich: *Ich schau dir in die Augen und sehe dort ein kleines Mädchen, das seit zu vielen Jahren eine seelische Last mit sich herumträgt, und eine Frau, die nicht riskieren will, sich einer eigentlich sicheren Sache zu öffnen. Ich sehe eine Frau, die sich hinter ihrer Kamera versteckt, während sie versucht, die tiefsten Geheimnisse der anderen zu ergründen.*
Adrian kannte sie gut. Und ihr wurde klar, dass er sie am Morgen nur fotografiert hatte, weil er wollte, dass sie sah, was *er* in ihr sah. Es war alles da, ganz deutlich zu erkennen: die Unsicherhei-

ten und die Angst, dann ihr sinnliches Aufblühen – zaghaft, Stück für Stück –, zu dem er sie ermutigt hatte, und sogar die Liebe, von der sie nicht gewusst hatte, dass sie den Weg in ihr Herz gefunden hatte.

Sie spürte, wie etwas Nasses über ihre Wange rann, und wischte sich eine Träne fort. Und noch eine. Sie erblickte ein Bild von Adrian – das Bild, auf dem er auf der Decke in der Nähe des Baches lag, mit freiem Oberkörper und auf einem Grashalm kauend. Aber was sie daran anzog, war nicht sein sexy Lächeln oder der herausfordernde Blick, der Chayse zeigte, wie sehr er sie wollte. Nein, es war die Narbe, die ein paar Zentimeter über dem Bündchen seiner Shorts begann – eine Verletzung, die ihn genug verunsichert hatte, dass er ihre zahllosen Versuche, ihn dazu zu überreden, für den Wohltätigkeitskalender zu posieren, immer wieder abgelehnt hatte.

Vorsichtig fuhr sie mit der Fingerspitze über die Narbe auf dem Foto und erinnerte sich noch lebhaft daran, wie sich die Haut unter ihren Fingern, unter ihren Lippen angefühlt hatte. Sie dachte daran, wie sie Adrian auf die Narben angesprochen hatte, als sie ins Ferienhaus zurückgekehrt waren. Wie sie ihn dazu gebracht hatte, sich diesem schmerzvollen Thema zu stellen, die Narben zu akzeptieren und von diesen alten Verletzungen nicht seine Entscheidung beeinflussen zu lassen, beim Kalender-Projekt mitzuwirken. Eindringlich hatte sie ihm klargemacht, dass die Narben ein Teil von ihm waren.

Sie lachte, während ihr wieder die Tränen über die Wangen rannen, und wusste, dass sie sich ihre eigenen Worte eigentlich zu Herzen nehmen sollte. Adrians Narben waren nach außen hin sichtbar, und ihre Verletzungen waren innerlich, aber das Leid und die Unsicherheit, die diese Wunden verursachten, waren dieselben. Und es war an der Zeit, dass sie sich ihren persönlichen Narben und ihrer Vergangenheit stellte. Dass sie dem Schmerz ins Gesicht schaute, damit umzugehen lernte und sich von ihren Verletzungen nicht die Entscheidung abnehmen ließ, Adrian in ihr Leben zu lassen.

Ein lautes Klopfen an der Tür riss sie aus ihren Gedanken. Sie sprang auf und fuhr sich über die feuchten Augen und Wangen, während sie zum Eingang lief. Sie warf einen Blick durch den Spion – und sah Adrian mit grimmiger Miene vor ihrer Tür stehen. Er sah wirklich wütend aus, und sie fragte sich, ob es eine kluge Idee war, ihn hereinzulassen. Vielleicht wäre es besser, diese Unterhaltung am nächsten Tag zu führen, wenn er sich ein wenig beruhigt hätte.

Wieder schlug er mit der Faust gegen die Tür, und das Holz und die Sicherheitskette erzitterten. »Mach auf, Chayse«, verlangte er in einem Ton, der keinen Zweifel daran ließ, dass er es ernst meinte. »Oder deine Nachbarn werden Zeugen einer sehr persönlichen Unterhaltung.«

Da sie wusste, dass er ein Mann war, der zu seinem Wort stand, und nicht wollte, dass ihre Nachbarn zu viel über ihr Privatleben wussten, schloss sie auf und öffnete ihm. Er stürmte in ihr Apartment. Sein ganzer Körper schien vor Kraft und Wut wie unter Strom zu stehen – und sie wusste, dass er jedes Recht hatte, wütend zu sein, nachdem sie am Morgen praktisch vor ihm geflüchtet war. Sein Haar stand zerzaust von seinem Kopf ab, er hatte sich nicht rasiert, und er sah nicht nur erschöpft, sondern düster und gefährlich aus.

Aber sie hatte keine Angst vor ihm. Überhaupt nicht. Dass er sich die Mühe gemacht hatte herauszufinden, wo sie wohnte, war ihrer Meinung nach ein gutes Zeichen. Wenn sie ihm egal gewesen wäre, wäre er wohl nicht hier, bei ihr. Außerdem wusste sie, dass es bei Adrian nicht so war – wenn überhaupt, machte er sich zu viele Sorgen und Gedanken. Und sie konnte sich glücklich schätzen, dass sie einen Mann wie ihn gefunden hatte.

Sie atmete tief durch und fragte ganz ruhig: »Wie hast du herausgefunden, wo ich wohne?«

Er wirbelte herum und stemmte die Hände in die Hüften. Zwar funkelte er sie an, aber trotzdem konnte sie in seinen Augen lesen, wie verletzt er war – und wie entschlossen. »Es war nicht einfach. Zuerst musste ich Mia einfangen, die meiner Meinung nach ein Ortungsgerät tragen sollte, weil ich sie den ganzen Nachmittag lang immer knapp verpasst habe. Als ich sie endlich gefunden hatte, wollte ich von ihr deine Adresse wissen. Ich habe sie daran erinnert, dass sie mir noch etwas schuldet, weil sie dir den Weg zum Ferienhaus verraten hat, und schließlich ist sie eingeknickt.«

Chayse biss sich auf die Unterlippe, um nicht loszulachen, denn sie war sich sicher, dass Adrian es

im Augenblick – angesichts seiner Wut und Enttäuschung – nicht witzig finden würde, wenn sie sich auf seine Kosten lustig machte.
Ein unbehagliches Schweigen breitete sich zwischen ihnen aus. Noch immer funkelte er sie an. Irgendwann wies sie mit der Hand auf die Fotos auf dem Kaffeetisch. »Äh … da du schon mal hier bist, könntest du doch einen Blick auf die Bilder werfen, die ich gemacht habe, und wir könnten entscheiden, welche davon wir in den Kalender nehmen.«
»Im Moment ist mir dieser Kalender scheißegal!« Er kam auf sie zu. Feuer brannte in seinen blauen Augen. »Deswegen bin ich nicht hier.«
Für jeden Schritt, den er machte, wich sie ein Stück zurück, bis sie mit dem Po gegen die Ecke des kleinen Tisches in der Küche stieß, die sich ans Wohnzimmer anschloss. Ganz nah trat er an sie heran, und durch den Stoff seiner Jeans hindurch spürte sie seine Erektion zwischen ihren Beinen.
Er ließ sie nicht aus den Augen, als er den Knopf ihrer Hose öffnete und den Reißverschluss hinunterzog. Erregung durchzuckte sie, und sie fühlte sich lebendig und berauscht vor Vorfreude

– etwas, das nur dieser Mann in ihr auslösen konnte.

Sie wusste, was geschehen würde, wusste, dass er sie auf die ursprünglichste aller Arten besitzen wollte. Er wollte seine Ansprüche anmelden, sie als sein Eigentum markieren. Es würde ein aggressiver, wilder Akt werden, bei dem sie sich seinem Willen würde beugen müssen und bei dem er sich auf körperliche Art von seinem Zorn und seiner Wut befreien würde.

Es war Adrians Art, mit solchen Gefühlen umzugehen. Wie im Ferienhaus, als er sie zum ersten Mal genommen hatte, nachdem sie ihn über alle Maßen provoziert hatte.

Er zog ihr Hose und Slip die Beine herunter und warf sie zur Seite, öffnete ungeduldig seinen Gürtel, machte seine Jeans auf und befreite seine Erektion. Er hob Chayse an, so dass sie auf der Ecke des Küchentisches saß, drückte mit den Händen ihre Knie auseinander, spreizte ihre Schenkel und stellte sich vor sie. Sie war schon feucht und erregt, und er drang mit der Spitze in sie ein.

Mit den Händen stützte sie sich auf dem Tisch ab und erzitterte. Auch sie wollte hier und jetzt mit ihm schlafen, aber entschloss sich, wenigs-

tens einen kleinen warnenden Protest zu äußern. »Adrian … was machst du da?«
Ein Muskel an seiner Wange zuckte. »Da du mich offenbar nur verstehst, wenn ich meinen Körper sprechen lasse, lasse ich ihn eben für mich sprechen.« Er packte ihren Hintern und zog sie näher an den Rand des Tisches, während er seine Hüften vorschob und in sie stieß. Sie atmete scharf ein, als er tief in sie drang.
Kreisend bewegte er seine Hüften, presste sich gegen Chayse. »Weißt du, was mein Körper dir jetzt gerade sagt?«, stieß er rauh hervor.
Sie schüttelte den Kopf, stöhnte, als er sich ein Stück zurückzog, erzitterte, als er sie wieder erfüllte. »Nein.«
»Er sagt dir, dass ich mich in dich verliebt habe«, sagte er, und seine Stimme klang weicher, als er hinausglitt und dann wieder in sie drang. »Dass ich nicht einfach ignorieren werde, was zwischen uns ist, und dass ich dich nicht einfach so gehen lassen werde.« Raus … und wieder rein – ganz langsam und so bedächtig, dass das intensive Gefühl ihr kleine Schauer über den Rücken jagte. »Ich brauche dich, und auch du brauchst mich.«
Ihr Herz jubelte, und sie warf ihm einen ab-

wägenden Blick zu, der noch nichts von ihren eigenen Gefühlen preisgab. »Das ist ein bisschen überheblich, findest du nicht?«
Ohne sie aus dem Blick zu lassen, zog er sich wieder zurück, und sie seufzte enttäuscht, keuchte jedoch auf, als er im nächsten Moment so weit in sie stieß, wie es ging. »Ich bin in dir, Süße. So tief, wie ich kann. Ich kann deinen Herzschlag spüren. Ich kann in deinen Augen lesen, was du fühlst. Ich habe jedes Recht, überheblich zu sein. Und fordernd.«
»Ja, das hast du«, erwiderte sie ernst.
Und dann kam ihr eine andere Erkenntnis. Adrian suchte bei allem, was er tat, immer die Herausforderung, das Risiko – beim Extremsport, beim Sex und selbst, wenn es darum ging, sein Herz auf der Zunge zu tragen. Was sie anging: Sie war immer auf Nummer sicher gegangen – aber jetzt nicht mehr. Nicht, wenn sie diesem Mann in allem auf halbem Wege entgegenkommen wollte. Und das schloss ein, dass sie ihm mit Herz und Seele vertrauen musste. Hier und jetzt.
Während er sich tief und pulsierend in ihr bewegte, vergrub sie ihre Finger in seinen dichten, seidigen Haaren und knabberte zart an seinem

Kinn. Mit leicht geöffneten Lippen drückte sie ihm einen sanften Kuss auf den Mund und blickte ihm dann so tief in die Augen, dass sie das Gefühl hatte, in den aufrichtigen Emotionen zu versinken, die sie darin schimmern sehen konnte. Die bedingungslose Liebe. Die Hoffnung und das Verlangen, die ihre eigenen Empfindungen widerspiegelten.

Lächelnd umschloss sie sein Gesicht mit ihren Händen und sagte, ohne zu zögern: »Adrian Wilde, ich liebe dich.«

Mit einem dankbaren Aufstöhnen verschloss er ihren Mund mit seinen Lippen, küsste sie so stürmisch, wie er in sie eingedrungen war. Mit so viel Leidenschaft. Ursprünglich, sinnlich, unwiderstehlich.

Der Höhepunkt kam für sie beide schnell. Und als sein Orgasmus ihn unter ihren hungrigen Küssen erzittern ließ, erwiderte sie sein rauhes Stöhnen mit ihren süßen Lauten, als auch sie kam.

Erstaunlicherweise schien Adrian nach diesem körperlich anstrengenden Akt noch genug Kraft zu haben, um sie ins Schlafzimmer zu tragen. Sie ließ es geschehen, hielt sich an ihm fest und zeigte ihm, wo ihr Schlafzimmer war. Behutsam legte er sie aufs Bett und ließ sich neben sie sinken. Sie wusste, dass es noch einiges zu besprechen gab. Aber dieses Mal war sie bereit, sich ihrer Vergangenheit zu stellen und so hoffentlich ihre Zukunft zu retten.

»Warum hast du heute das Ferienhaus verlassen, ohne auf mich zu warten?«, fragte er und strich mit seinen Fingern ihren Arm entlang. Sein Ton war nicht vorwurfsvoll, nicht mehr wütend. Er wollte sie einfach nur verstehen.

Sie hatte ihm schon ihre Liebe geschenkt. Und jetzt schenkte sie ihm ihre Ehrlichkeit. »Ich hatte Angst … davor, welche Gefühle du in mir ausgelöst hast, und mein erster Impuls war, vor meinen Empfindungen davonzulaufen.«

»Eigentlich sollten die Gefühle, die ich in dir wecke, etwas Schönes sein, Süße«, murmelte er sanft.

Sie blickte ihn an und fühlte sich wie das glücklichste Mädchen auf Erden, weil dieser Mann ihr einfach so seine Geduld und sein Verständnis zusicherte. »Jetzt weiß ich es. Aber in dem Moment war ich noch nicht bereit, mich meinen Gefühlen zu stellen oder ihnen zu vertrauen.«

»Und bist du jetzt bereit?«

Sie nickte und flüsterte: »Ja.«
Neugierig hob er die Augenbrauen. Er wollte offensichtlich noch mehr Antworten, und die verdiente er auch. »Warum hast du deine Meinung geändert?«
»Es waren die Fotos, die du heute Morgen von mir gemacht hast. Ich habe mich durch deine Augen gesehen, so wie es dein Plan gewesen ist. Alle meine Empfindungen standen in meinem Blick, direkt vor mir, und ich konnte nicht länger leugnen, wie schnell und rettungslos ich mich in dich verliebt habe.« Sie streckte ihren Arm aus und strich über sein unrasiertes Kinn. Sie liebte dieses rauhe, erregende Gefühl unter ihren Fingerspitzen. »Ich will nicht länger durch die Bilder leben, die ich von anderen Menschen mache. Ich möchte mein eigenes Bilderbuch voller Erinnerungen schaffen – voll echter Erinnerungen –, und ich will nicht länger allein sein, Adrian. Ich will das Richtige wagen. Ich will mein Glück mit dir versuchen.«
»O ja, das klingt gut.« Er lächelte und sah aus, wie der Mann ihrer Träume, der Mann, der ihr Herz gestohlen hatte. »Aber dein Glück mit mir zu versuchen bedeutet, dass du Teil meiner gro-

ßen verrückten Familie wirst. Denkst du, dass du damit klarkommst?«

Ihr Herz klopfte wie wahnsinnig. Das war mehr, als sie sich jemals erträumt hätte. »Oh, Adrian, ich wäre *so gern* Teil deiner Familie. Meinst du, dass *sie* damit klarkommen, dass ich Fotos von ihnen mache, wenn sie am wenigsten damit rechnen?«

Er lachte leise, und es war ein verschmitztes Lachen voller Wärme. »Sie werden sich daran gewöhnen.«

Glücklich seufzte sie, und ein breites Lächeln erstrahlte auf ihrem Gesicht. »All die Verletzungen und Narben, mit denen wir leben ... Wir sind schon ein Paar, oder?«

»Wir sind ein perfektes Paar.« Er fuhr mit seiner Fingerspitze über ihre Nase. Dann wurde er ernst. »Ich weiß, dass das alles sehr schnell gegangen ist. Aber ich verspreche dir, dass wir diese Beziehung gemeinsam aufbauen und uns all die Zeit lassen, die du brauchst, um dich an den Gedanken zu gewöhnen, dass ich Teil deines Lebens bin.«

»Ich brauche keine Zeit mehr, Adrian.« Er gehörte jetzt zu ihr, und es gab in ihrem Herzen keinen Platz mehr für Unsicherheiten. Sie ging das Risiko

ein. »Ich habe dich vier Monate lang verfolgt, und gerade habe ich mit dir das schönste Wochenende meines Lebens verbracht. Und ich liebe dich wirklich, und nichts wird daran etwas ändern.«
»Ich liebe dich auch, Chayse Douglas.« Er küsste sie auf den Mund – sachte, beinahe ergeben. Als er sich von ihr löste, lächelte er sie an. Sein Blick war voller Zärtlichkeit, und doch lag darin noch etwas anderes, Spitzbübisches. »Es wird einige Jahre dauern, um meine wilde Seite vollends zu zähmen, aber ich glaube fest daran, dass du die richtige Frau für diesen Job bist. Was denkst du darüber, mich zu heiraten und ›Mrs. Wilde One‹ zu werden?«
Mit einem heiseren Lachen versuchte sie zu überspielen, dass sich in ihrem Hals ein riesiger Kloß gebildet hatte. Triumphierend und auch ehrfürchtig dachte sie bei sich: *Er liebt mich! Er liebt mich wirklich!*
Diese Einsicht vertrieb Chayses letzte Unsicherheiten und machte ihr Herz frei für diesen unglaublichen Mann, damit er es nehmen und mit seiner Liebe ausfüllen konnte. »Ja«, brachte sie unter Freudentränen heraus. »Ja, Adrian Wilde, ich werde dich heiraten.«

Schwindelig vor Glück, schlang sie die Arme um seinen Nacken und zog ihn an sich heran. Sie wollte seine Worte in sich aufnehmen und diesen wertvollen Moment für immer festhalten – wie ein ganz besonderes Foto, das sie allein mit dem Herzen gemacht hatte. Es war ein wundervoller Anfang für ihr persönliches, imaginäres Bilderbuch voller wundervoller Schnappschüsse. Und sie wusste, dass ihr Album wachsen und dass es die besten Jahre ihres Lebens widerspiegeln würde – der gemeinsamen Jahre mit »The Wilde One«.

Wollen Sie mehr romantische, prickelnde Geschichten lesen? Lassen Sie sich von uns verführen – mit einer Leseprobe aus

Nancy Warrens

Das beste Mittel gegen Kopfschmerzen

Erfolg hat seinen Preis – kein Wunder also, dass die Karrierefrau Lise Atwater chronisch verspannt und kopfschmerzgeplagt ist. Das ändert sich, als sie das neue Model für eine Surfbrettmarke unter ihre Fittiche nehmen soll – denn der knackige Australier ist eindeutig anders als erwartet. Steve ist kein arroganter Schönling, sondern ein echter Kerl. Einer, der sich nicht von Lises kühler Fassade irritieren lässt. Und vielleicht ist er auch das beste Mittel gegen Kopfschmerzen …

Knaur Taschenbuch Verlag

Steve Jackson blickte aus dem Fenster des Flugzeuges auf die glitzernde, strahlende Stadt unter sich.
Aufregung erfasste ihn, als er die Golden Gate Bridge sah, die sich unter ihm wölbte wie der Rücken einer Tänzerin, die anmutig zum Sprung ansetzte. Er hatte an ziemlich vielen Brücken gearbeitet, hatte Stahlträger geschleppt und Teile zusammengeschweißt, die für sich genommen nichts Besonderes gewesen waren. Doch irgendwie, wenn alles fertig war, hatten diese einzelnen Abschnitte ein elegantes Ganzes ergeben. Aber nur wenige Brücken – und er hatte jede Menge gesehen – waren so schön, wie die Golden Gate Bridge.
Sosehr er auch den ersten Blick auf San Francisco genoss, war er sich sicher, dass er sehr viel glücklicher wäre, wenn er in diesem Moment zu Hause sein könnte. Mit dem Geräusch von Metall auf Metall in den Ohren und dem Geruch von Lötzinn in der Nase, hoch über der Erde mit einem Seil gesichert, hätte er dann wenigstens einen

ehrlichen anstrengenden Job für ehrliches hart verdientes Geld machen können.
Unbehaglich rutschte er in seinem Sessel hin und her und sehnte sich danach, in einer schmutzigen Jeans und einem alten T-Shirt, nach einem langen Arbeitstag verschwitzt, mit seinen Kumpel auf dem Weg in die nächste Kneipe zu sein.
Stattdessen steckte er in Klamotten, in denen er sich fühlte wie eines dieser Modepüppchen aus Plastik, die seine kleine Schwester so gern herausputzte. Und statt eines anständigen Jobs, den ein Mann erledigen und trotzdem noch hocherhobenen Hauptes in die Welt hinausgehen konnte, würde er wie ein verdammter Warmduscher in einer Badehose herumstolzieren, um verdammte Surfboards an verdammte Amis zu verkaufen.
Ihm wurde ganz anders, wenn er nur daran dachte.
Denk an das Geld, ermahnte er sich.
Hier saß er nun in der ersten Klasse des Fliegers, auf dem Weg zu seinem absurd gutbezahlten Job, der ein paar Monate dauern würde, und tröstete sich damit, dass er weit genug von zu Hause weg war und seine Kumpel niemals davon erfahren

würden. Er hatte sich ziemlich verschwiegen gezeigt, wenn seine Reise zur Sprache gekommen war, und lediglich verraten, dass er eine Zeitlang Urlaub machen würde.

Steve warf einen Blick auf das *People Magazine*, das aufgeschlagen auf seinem Schoß lag. In letzter Zeit hatte er es sich angewöhnt, solche Publikationen durchzublättern, um herauszufinden, wie man in Amerika auftrat und wie man sich verhielt. Wenn es wie im Fernsehen oder in den Hochglanzmagazinen war, würde er in den USA eine halbwegs annehmbare Zeit verleben.

Und schließlich war er nicht nur wegen des Geldes hier – auch die kalifornischen Mädchen sahen mehr als nett aus. Und soweit er wusste, taten sie nichts anderes, als wilde Partys zu feiern.

Vielleicht konnte er ja während seines Aufenthaltes in den Staaten ein wenig mitfeiern. Warum nicht? Ihm stand etwas Geld zur Verfügung, und diese Mädchen mit ihren langen blonden Haaren und den perfekten weißen Zähnen, den Cabrios und dem kalorienreduzierten Bier hatten etwas. Steve Jackson war entschlossen, diesen verrückten Job, der ihm vollkommen unerwartet in den

Schoß gefallen war, in vollen Zügen zu genießen. Wenn er nicht gerade halbnackt durch die Gegend stolzierte, um seinen Job zu erledigen, wollte er die Zeit seines Lebens haben.

Das Flugzeug neigte sich ein wenig zur Seite und zeigte ihm mehr von der Stadt. Er sah den Golden Gate Park und eine felsige Insel mitten im Hafen – das musste Alcatraz sein. Dort unten in der Stadt waren irgendwo die sogenannten Cable Cars, also die Kabelstraßenbahnen, sowie die berühmten abschüssigen Hänge – und eine Frau, die ihn laut Jennifer Talbot auf seinen Job vorbereiten würde.

Er vermutete, dass sie ihn in einen blondierten Schwachkopf mit eingeölten Muskeln verwandeln wollte, der vor der Kamera Bodybuilderposen einnehmen sollte.

Ihm drehte sich der Magen um – was entweder an der Aussicht auf das lag, was ihn erwartete, oder an der plötzlichen Bewegung des Flugzeuges. Zugegebenermaßen war er doch öfter mit dem Bus unterwegs als mit dem Flugzeug.

Trotz all des Geldes, das sie ihm geboten hatten – und er musste zugeben, dass es ihm nicht ungelegen kam –, hätte er den Job möglicherweise doch noch abgelehnt. Wenn, ja wenn Cameron Crane nicht gewesen wäre.

Als er den Mann persönlich kennengelernt hatte, war er ihm auf Anhieb sympathisch gewesen. Ein kantiger, rauher Typ, der ab und an gern mal ein Bier trank und so wirkte, als könnte er eine Runde Australian Football spielen, ohne gleich in Tränen auszubrechen.

Sie hatten sich getroffen und einander die Hände geschüttelt, und Cam hatte ihn mit einem verständnisvollen Blick angeschaut und gesagt: »Und? Was meinst du?«

Er hatte die Schultern gezuckt. »Weiß nicht.«

Crane hatten diese beiden Wörter alles gesagt, was er wissen musste. »Passt auf, dass die Amis ihn nicht zu hübsch machen«, hatte der Big Boss Jennifer Talbot gewarnt, und in dem Augenblick hatte Steve geglaubt, dass es funktionieren würde. »Er ist ein Mann, er surft wie ein Mann, er sieht aus wie ein Mann, klar?«

»Natürlich. Er ist perfekt. Ich will ihn gar nicht verändern«, hatte Jennifer Talbot in dem leicht genervten Tonfall eines Menschen versichert, der so etwas schon unzählige Male gesagt hatte. Dennoch war Steve erleichtert gewesen, zu hören, dass sie nicht planten, ihn zu jemandem zu machen, der er nicht war.

Doch nun, auf dem Weg zu neuen Ufern, in einem neuen Anzug, der einem vornehmen Fremden und nicht ihm zu gehören schien, fragte er sich, ob es die richtige Entscheidung gewesen war, den Job anzunehmen.

»Es gibt nur einen Weg, das herauszufinden«, murmelte er, als die Maschine mit einem Ruck aufsetzte.

Er erhob sich, um seine schicke neue Tasche aus dem Gepäckfach zu holen, und versuchte, sich dabei nicht den Kopf zu stoßen. Glücklicherweise gelang ihm das – wenn auch nur knapp. Neben seiner Tasche stand eine Reisetasche mit Schottenmuster, die der älteren Dame auf der anderen Seite des Ganges gehörte. Kurzerhand reichte er sie ihr, und sie bedankte sich lächelnd.

»Oh, würde es Ihnen etwas ausmachen, mir meine Tasche ebenfalls zu geben?« Die junge Frau, die ihn den ganzen Flug hindurch beobachtet hatte, zwinkerte ihm zu.

»Sicher. Welche ist es denn?«

»Die grüne.«

Er streckte seine Hand aus – und wäre beinahe zurückgezuckt, als er das Material berührte. Krokodilleder. Und als hätte das arme Tier nicht schon genug damit erleiden müssen, gejagt, getötet und zu einer Damenhandtasche verarbeitet zu werden – nach seinem gewaltsamen Tod war es noch einmal gedemütigt worden, indem man seine Haut so eingefärbt hatte, dass sie zu einer Kiwi passte.

Schnell reichte er die Tasche herüber und versuchte sogleich, die Bemühungen der Frau, ihm beim Ausstieg aus der Maschine ein Gespräch aufzudrängen, freundlich, aber entschieden abzuwehren.

Er tröstete sich mit dem Gedanken, dass ihn bereits jemand erwartete – eine Frau würde ihn abholen, wie er annahm. Sicher würde er spätestens dann die Krokodillederhandtasche und ihre hartnäckige Besitzerin, die ihm nicht von der Seite wich, loswerden. Da sie schon bei der Zwischenlandung auf Hawaii durch den Zoll und die Passkontrolle geschickt worden waren, musste er nur

noch seinen Rucksack holen und konnte dann schleunigst hier verschwinden.
Die Krokodil-Lady war sichtlich enttäuscht, als sein Rucksack auf dem Gepäckband auftauchte, während ihr vierter Koffer noch nicht in Sicht war. Nachdem Steve ihre ersten drei Gepäckstücke vom Band gewuchtet hatte, war es ihm äußerst rätselhaft, wie die Maschine überhaupt in der Luft geblieben war.
Als er kurz darauf durch den Ankunftsbereich lief, hielt er Ausschau nach Jennifer Talbot, obwohl er nicht wirklich davon ausging, sie hier in San Francisco zu treffen. Einige Leute hielten Schilder in der Hand, aber auf keinem davon stand sein Name.
Menschen umarmten sich, ein paar weinten auch, Freunde und Familien fanden wieder zueinander. Mehrere müde Gestalten sammelten sich unter dem Schild eines Reiseveranstalters, andere, die offensichtlich wussten, wohin sie wollten, zogen vergnügt ab.
Steve fühlte sich vollkommen allein.
Tja, er nahm an, dass früher oder später jemand auftauchen würde, also entschloss er sich, einen

Becher Kaffee aufzutreiben, sich in die Lounge zu setzen und zu warten.

Als er durch die Wartehalle ging, sah er das erste Partygirl. Oder um genauer zu sein: sein erstes »Am-Morgen-nach-der-Party«-Girl.

Eigentlich wurde seine Aufmerksamkeit von dem sanften Hügel einer kleinen Brust gefesselt, die in dem ohnehin schon atemberaubend offenherzigen Kleid gefährlich kurz davorstand, den Tatbestand der »unsittlichen Entblößung« zu erfüllen. Die Besitzerin von beidem – dem Kleid und der Brust – schlief offensichtlich. Ihr leuchtend rot geschminkter Mund war leicht geöffnet, und sie schnarchte ganz leise. Ihre Tasche stand unverschlossen auf ihrem Schoß. Sie musste eine wirklich wilde Party gefeiert haben, wenn man die große Packung Kopfschmerztabletten und die ebenso stattliche Flasche mit einem magensäurebindenden Saft betrachtete. Ihr dickes braunes Haar war sexy zerzaust, und ihre Sonnenbrille saß schief in ihrem Gesicht, das eher unauffällig war, wenn man einmal von den vollen roten Lippen absah.

Sie muss einen ziemlichen Kater haben, dachte

er bei sich. Sogar ihr Lippenstift wirkte ein wenig flüchtig aufgetragen.
Er schüttelte den Kopf. Ungefähr acht Stunden früher hätte er diese Frau nur zu gern kennengelernt.
Einen Moment lang dachte er darüber nach, sie zu wecken und ihr zu sagen, dass ihre Tasche sperrangelweit offen stand, aber dann entschied er, sie doch lieber schlafen zu lassen.
Gerade wollte er vorsichtig an ihr vorbeigehen, als er auf irgendetwas trat, das am Boden lag. Ein Geräusch ertönte, das sich anhörte wie das Knacken eines trockenen Zweiges im Busch. Abrupt blieb er stehen, schaute nach unten – und stutzte. Das war doch *sein* Name, der ihm da von einem kleinen Schild entgegenstarrte. Verdutzt betrachtete Steve noch einmal die Frau, die inzwischen aus dem Schlaf aufgeschreckt war.
Sie hatte die Augen weit aufgerissen, aber ihr Blick war so leer und ausdruckslos, wie es für ein Party-Opfer mit Katerstimmung typisch war.
Doch es war nicht ihr Blick, der seine Aufmerksamkeit fesselte …
Das plötzliche Zusammenzucken beim Auf-

wachen hatte gereicht: Ihre linke Brust, die in etwa die Größe und die Form einer Mango hatte, lag entblößt über dem Ausschnitt des bunten Kleides.

Ihre Haut ist so weiß, und der Nippel hat die Farbe eines Karamellbonbons, schoss es ihm unwillkürlich durch den Kopf, während er wie gebannt auf ihre Brust starrte.

Sie folgte seinem Blick und gab einen Laut von sich, der irgendwo zwischen einem Quietschen und einem Stöhnen lag. Hastig schlug sie beide Hände über die abtrünnige Brust. Eine leuchtende Schamröte überzog ihre Wangen. Sogar ihr Dekolleté schien rot zu werden. »Was machen Sie da?«, flüsterte sie aufgebracht.

Die Komik der Situation holte ihn schnell ein. Er beugte sich herunter und hob den nun zerbrochenen Stock mit dem Schild daran auf. »Ich bin Steve Jackson«, erklärte er.

Es folgte ein Moment, in dem er ernsthaft glaubte, dass sie einfach leugnen würde, ihn zu kennen oder etwas mit dem Schild zu tun zu haben. Doch einen Augenblick später schien sie sich gesammelt zu haben und riss sich zusammen.

»Oh. Tja. Ich bin Lise Atwater. Willkommen in San Francisco«, sagte sie. Mit der linken Hand hielt sie immer noch krampfhaft das Kleid über ihrer Brust fest, während sie ihm ihre Rechte zur Begrüßung reichte. Ihre Stimme klang sanft und klar, und ihre Augen waren von einem tiefen Schokoladenbraun. Jedenfalls nahm er an, dass sie beide braun waren. Denn die Sonnenbrille saß noch immer schief auf ihrer Nase und verdeckte ein Auge. Und in dem unverdeckten anderen Auge funkelte ziemlich deutlich eine Mischung aus Verlegenheit und Vorwurf.

Seine Tante Gwen hätte ihm etwas erzählt, wenn sie gesehen hätte, wie er hier stand und sich das Lachen verkniff, während die junge Frau wie erstarrt vor ihm saß, eine Hand noch immer über der Brust, und ihre Gesichtsfarbe zwischen Leichenblass und Fiebrigrot wechselte.

Vielleicht war es der Gedanke an seine Tante Gwen, aber mit einem Mal erinnerte er sich wieder an seine guten Manieren. Er zog seine Anzugjacke aus und legte sie der Dame um, so dass sie sie von den Schultern bis zu den Schenkeln verdeckte.

»Danke«, sagte sie steif.
Er wandte sich ab, um gentlemanlike zur Seite zu blicken, während Lise ihr Kleid richtete – doch gleichzeitig konnte er so ein Lächeln vor ihr verbergen, das der grünen Tasche in ihrem vorherigen Leben zur Ehre gereicht hätte.

✧ ✧ ✧

Welche Überraschungen hält der neue Job für Steve bereit? Und wird er weiterhin ein perfekter Gentleman bleiben?
Die ganze Geschichte finden Sie hier:

Das beste Mittel gegen Kopfschmerzen

von Nancy Warren

Knaur Taschenbuch Verlag